魔幻偵探所

20

射向偵探所的暗箭

關景峰 著

新雅文化事業有限公司
www.sunya.com.hk

魔幻偵探所

人物介紹

南森

身分： 魔幻偵探所創辦人、領頭羊

年齡： 120歲

畢業學校： 斯塔福德學院（伏魔系）

學位： 博士

捉妖經驗： 108年，獲得「捉妖能手」、「怪獸剋星」等稱號

性格： 遇事鎮定、善於思考，生氣時聽到幾句好話氣就消了

最具殺傷力的武器：
顯形粉、綑妖繩、無影鋼鐵牆

海倫

身分： 魔幻偵探所成員，南森的得力助手

年齡： 13歲

畢業學校： 劍橋大學（法術系）

學位： 學士

捉妖經驗： 1 年

性格： 開朗、逢事觀察細緻，吵架時總讓着本傑明

最具殺傷力的武器： 綑妖繩、凝固氣流彈

本傑明

身分：魔幻偵探所實習生

年齡：11 歲

就讀學校：牛津大學（捉妖系）

捉妖經驗： 3 個月

性格：聰明淘氣、遇事毛躁

最厲害的戰術：非常規戰術

派恩

身分：魔幻偵探所實習生

年齡：10歲

就讀學校：倫敦大學魔法學院
（反幽靈技術系）

捉妖經驗：1個月

性格：聰明活潑，非常好勝，有時候喜歡誇誇其談

保羅

身分：魔幻偵探所機械狗

年齡：100 歲

工作能力：無所不知的電腦資料庫，善於用百分比分析事物

性格：異想天開、調皮、懶惰

最喜歡的食物：潤滑油

最具殺傷力的武器：追妖導彈

特級裝備

綑妖繩

能夠對準魔怪迅速旋轉收縮，將它綑緊綁實，繩子一旦落到魔怪身上，就像嵌入肉裏，魔怪越掙脫綁得越緊，當然放繩子時可要放得準才行。

無影鋼鐵牆

這堵牆其實就是氣流，它把氣流變成了無影無形的鋼鐵牆壁，能將敵人困在其中，衝不出去。

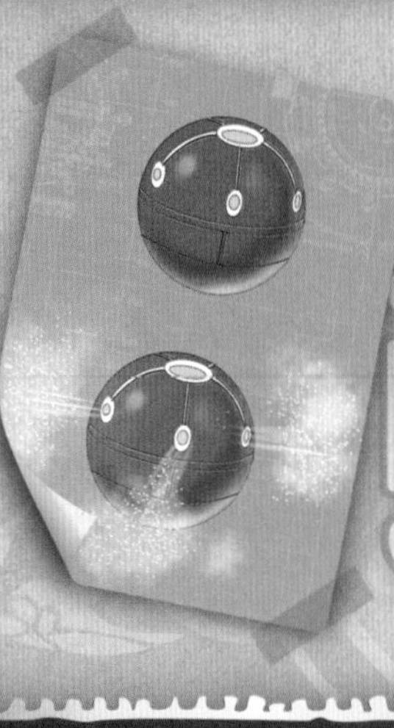

顯形粉

這是一種非常神奇的粉末，即使魔怪偽裝、隱形了也完全能顯現出它的原形。對了，「顯形」就是「現出原形」的意思！

裝魔瓶

能把魔怪收進裏面，使其在三天內化成清水的神奇瓶子。即使魔怪身形再龐大，也能收進瓶內。

幽靈雷達

能夠準確測定氣流存在的方位，並及時發出警報的裝置。它能跟蹤、測定魔怪在哪裏。不過，如果魔怪的魔力非常強，幽靈雷達有時候也可能測不到，它的更強大的功能還有待你去改進！

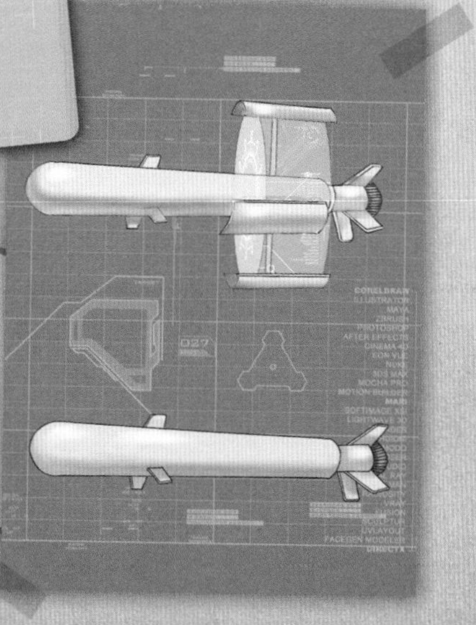

追妖導彈

能夠自動尋找魔怪，進行智能追蹤的導彈，這種導彈威力比較大，一般魔怪根本抵抗不了。

魔幻偵探開始行動！

目錄

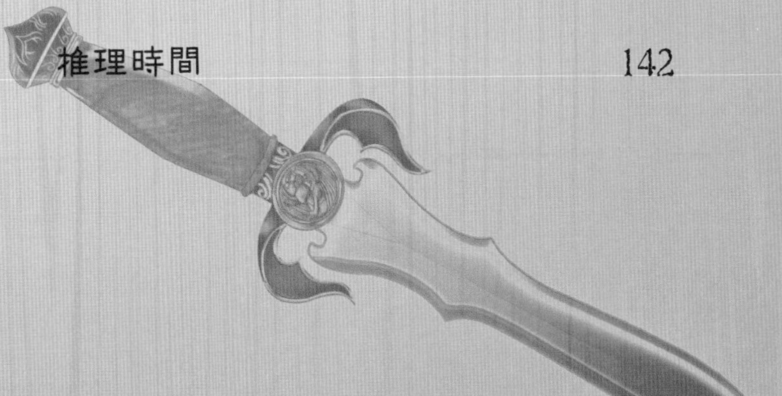

第一章　偵探所裏的兇器

「本傑明，你坐在博士身邊，博士，你抱着保羅。」海倫拿着手機，一邊後退一邊說，她正在給博士他們拍照，「好，就這樣……喂，我說本傑明，你笑一笑，你和博士合影不高興嗎？」

「我高興不起來！」本傑明依舊是一副愁眉苦臉的樣子，「我的校友網個人主頁被黑客攻擊了，頭像被換成了一隻豬頭，那隻豬還在哭呢……」

「還生氣？好啦，不是已經改過來了嘛！電腦也殺毒了，沒事了。」博士安慰道。

「可是我還是不高興。」本傑明撅着嘴，「那隻豬頭一直掛了兩天，我那些同學倒是很開心。這一定是傑克幹的，上學的時候他就專和我作對，前幾天我忽然接到他的郵件，他給了我一個網頁連結，讓我打開，我就打開了，不過什麼都沒看到，我的電腦一定因此中了病毒。」

「也許是巴里，你說過的，魔藥課考試你派出微型蜜蜂偷看別人的答卷，就是巴里擊落了那隻蜜蜂。」保羅大聲說，「巴里也總是針對你，原因是因為你總針對他。」

「嗯，也許是他。」本傑明點點頭，「不是傑克就是巴里，這兩個傢伙畢業後沒當魔法師，具體在幹什麼也不是很清楚，而我可是鼎鼎大名的本傑明！他們在暗處，一定總是想着算計我，這回可給他們害慘了。」

「不要這樣說你的同學。」海倫說，「更換頭像也許是個惡作劇，事實上你沒有別的損失。」

「哦，海倫，難得聽到你為牛津的學生辯護。」本傑明雙手一攤，「這可是黑客入侵行為！」

「我覺得大家都是同學嘛，不會害你的。」海倫說，「傑克和你有什麼過節呢？」

「也沒什麼啦。」本傑明聳聳肩，「就是一年級的時候我不小心把他擠到臭水溝裏，害得他幾年吃飯都不香；二年級的時候我不小心在他文具盒裏放了魔法煙火，上課時他打開文具盒，煙火噴出，老師叫他站着上完整節課；三年級的時候我不小心把他的褲腳和椅子腿綁在了一起……」

「夠了！」海倫打斷本傑明，「本傑明，我現在倒是很同情傑克，看看你對他做了什麼……」

本傑明這次沒再和海倫爭論。他已經聯繫了網站管理人員，變更了密碼，將頭像恢復，隨後就是分析中毒原因，他倒是沒什麼其他損失，保羅幫他檢查了電腦，確實發現了幾個隱藏較深的病毒，至於是不是因為打開傑克給的網頁連結而染上病毒，保羅也沒法最終確定，不過他判斷這種可能性很大。

本傑明非常生氣，他都氣了一個上午了。博士和海倫先是帶他去看了一場早場電影，看完後沒有回偵探所，而是來到街心花園散心，海倫拿出手機給他們拍照，本傑明還是一肚子氣。

他們又在花園裏玩了一會，本傑明氣消了一些，他不再嘮嘮叨叨的了，還説如果是傑克幹的，也許會原諒他。

「我們的本傑明真是很大度呀！」博士説着站了起來，「走吧，快中午了，我們先回去，然後去吃一頓好的。」

「好——」海倫高興起來。

「那就快去，我餓了。」本傑明也很高興，他知道博士一直在哄自己開心。

他們起身一起向偵探所走去，走出花園，保羅最先發現偵探所方向有異常，不知為何那裏停了很多車輛，其中兩輛警車的警燈還閃爍着。

「嗨，看看，出了什麼事？」保羅叫了起來，「隔壁安娜太太的房子着火了嗎？這個安娜太太，總是那麼不小心……」

「不好！」博士望着偵探所方向，先是停頓了一下，接着快步走去，「是我們的偵探所着火了嗎？」

「啊？」保羅、海倫以及本傑明一起驚叫道，隨即跟着博士向偵探所快步走去。

貝克街1號的魔幻偵探所的確與往日不同，那裏倒是沒有着火，但是門口有很多人進進出出，其中有幾個是身着警服的警察，兩輛閃着警燈的車就停在門口，在偵探所周圍，警戒線也拉了起來，一些路過的人圍在警戒線外議論着什麼。

「嗨，他們回來了。」議論的人羣中，安娜太太指着博士大聲喊道。

博士有些震驚，小助手們則有些不知所措，大家來到偵探所門口，看到那些進出的警察，他們呆住了。

「你們住在這裏？」一個守衞警戒線的警察連忙問道。

「是的。」博士看看那警察，他發現有兩輛倫敦魔法師聯合會的車也停在門口，「發生了什麼事？」

「凱文局長在裏面。」那個警察指着偵探所，「他叫你們一回來就馬上去找他。」

博士和小助手們進了警戒線，回到了偵探所，一進客廳，他們就看見倫敦警察局的局長凱文，同時在場的還有魔法師聯合會的會長希歐多爾，兩個重量級人物同時在場，看來事情非同一般。

「博士，我還想給你打電話呢。」身材高大的凱文看到博士，連忙説，「我和希歐多爾也是剛剛到。」

「這到底發生了什麼事？」博士急切地問道，「你們怎麼突然來到我的家裏了？」

「博士，事情是這樣的。」凱文和希歐多爾一起走到博士身邊，凱文壓低聲音，「住在威爾士紐波特的魔法師維森你知道吧？」

「知道，我認識他。」博士説，「他上個月被殺了，威爾士的魔法師聯合會在調查這件事。」

「沒錯，但一直沒有結果。」凱文説，「今天早上，有個匿名電話打到警察局，説維森是被你殺的，兇器就在你家裏，是一把金質手柄的古代短劍。電話裏説殺人動機是你和維森很早以前有過很深的矛盾，同時你也是個貪錢的人，兇器是維森家的，非常值錢，你殺了維森後把劍帶回了家，那劍上有維森家族的徽記！」

「我們今早接到了同樣的舉報。」一頭白髮、留着短鬚的希歐多爾會長插話道。

「這……」沒等博士説話，本傑明叫了起來，「怎麼可能？」

「聽着，本傑明。」凱文局長也認識本傑明，「我們當然不相信，電話裏那人説我們可以請魔法師聯合會的人帶着探測儀來偵探所門口探測，因為維森家的那把短劍具有魔力，能散發肉眼看不到的罕見魔燄。你知道的，按照調查程序，我們就聯繫到了希歐多爾會長，他派了兩個魔法師來，距離這裏還有二十米就探測到了魔燄。結果你也懂的，警方就進入了屋子，找到了短劍，果然是維森家的那把短劍。短劍就在你們的寫字枱抽屜裏。」

「警方現場檢測短劍，和造成維森傷口的兇器一致，這説明短劍就是殺害維森的兇器。」希歐多爾一臉無奈，「我馬上被找來了，正和凱文説着這事，你就來了。博士，這可真是不可思議的一天。」

「會有這樣的事？」博士的眉毛擰成一團，「這……我、我根本就沒有什麼短劍，我曾在七十年前和維森有過合作，但是沒有矛盾，我更沒有殺害維森。」

「那人就是説你倆在七十年前產生的矛盾，不過我很清楚，你沒有殺害維森！」凱文的聲音忽然提高了很多，他激動地説，「這簡直太荒謬了，我絕對不相信你殺害維森！我敢用我的生命來擔保！」

「我也可以用你的生命來擔保。」希歐多爾指着凱文，隨後他對大家笑笑，把臉轉向凱文，「我開玩笑的，我當然不相信博士會是殺人兇手。」

「你們能這麼想我很高興，謝謝。」博士很是感動，「可是我現在沒辦法解釋短劍是怎麼來的……」

「等等！」凱文擺擺手，「博士，沒人讓你解釋，你一定受到了陷害，舉報人是在陷害你，而且可能他就是殺害維森的兇手。你從事這份工作，不得罪人是不可能的，現在你要做的就是把陷害你的傢伙找出來，我們會給予你全力支持。」

「非常感謝。」博士激動地説，「謝謝你們……」

「不用説感謝的話，要被感謝的人是你。」希歐多爾説，「我七歲就開始學習魔法，十歲就開始和各種魔怪打交道，我一百歲了，形形色色的人也見了不少，是不是罪犯我可是能一眼看出來的，不要忘了，我還會讀心術呢。」

説着，希歐多爾頑皮地擠擠眼睛。

「讀心術，對，你會讀心術。」博士用力點點頭。

「現在你想的就是『希歐多爾這老傢伙很會吹牛』。」希歐多爾看着博士，又擠擠眼睛，「怎麼樣？我説的沒錯吧？」

「這個……我……」博士也不知道該怎麼回答了。

「哦，不用解釋。」希歐多爾連忙擺擺手，他笑着指指博士的心口，「現在你想的是『什麼都瞞不住希歐多爾呀』，哈哈哈……是不是？」

「是。」博士説着也笑了。

「那我們就走了。」凱文看看手錶，又看看四周，「非常抱歉，我的人闖了進來，這是例行公事。」

「完全理解。」博士連忙説。

「特德——」凱文向一名警官招招手，那名警官連忙走過來，「你把發現短劍的地方告訴博士，如果博士有什麼問題，你要盡力幫忙。」

「是！」特德立正並敬禮。

凱文和希歐多爾離開了偵探所，大批的警察也撤離了。特德警官帶着大家來到了博士的卧室。

「那把短劍就是在這裏發現的。」特德走到博士卧室的一張寫字枱旁，指着寫字枱的抽屜説，「我們打開抽屜的時候，抽屜沒有上鎖。」

「我的抽屜從來沒有上過鎖。」博士走到寫字枱旁，他把手伸向抽屜拉手，不過隨即停住了，他看看特德，「可以嗎？」

「請便，這是您的家。」特德連忙説，「局長説要我們協助你破案。」

博士點點頭，他拉開了抽屜，向裏面看了看。短劍不在裏面，已經被警方拿走了。

「我的家……」博士指指四周，「我是說在你們進入之前有沒有被侵入過的跡象，我都沒有見過那把短劍，一定是有人放進來的。」

「我們檢查過。」特德指指門外，「廚房的窗戶是打開的，隨便什麼人都能輕易翻進來，那扇窗戶經常開着嗎？你們出門之前也是開着的嗎？」

「廚房的窗戶我們確實經常開着，其實就算關起也很少上鎖。」海倫不安地說，「你知道的，我們這個區治安情況非常好，我們自己也是魔法師，所以這方面……我們剛才出去的時候的確沒有關上窗戶。」

「那應該很明確了。」特德說，「我們也沒發現窗戶有撬動痕跡，陷害你們的人很輕易就進來了。」

「你們有沒有發現其他線索？」本傑明問，「我是說那個入侵者的痕跡。」

「沒有。」特德說，「翻窗進來放一把短劍不會留下太多痕跡，而且如果也是一個會法術的人，那我們就更無能為力了。」

「是呀。」博士若有所思地說道，「趁我們外出進來陷害我們，他一定在暗中觀察我們很久了。」

「你們最近得罪過誰嗎？」特德警官關切地問。

「這個……」博士稍微一愣。

「除了魔怪，我們誰都沒有得罪。」保羅搶着說。

「嗯，我明白。」特德看看保羅，點點頭，「我們的工作性質是一樣的，我是說有沒有漏網的魔怪，這些傢伙因此趁機進行報復。」

「沒有呀。」保羅立即說，「這些年來我們破獲的魔怪案件中所有的魔怪都一網打盡，沒有漏網的。」

「哦。」特德點點頭，不說話了。

「情況很複雜。」博士一直在思考着什麼，他看看特德警官，「我會進一步整理思路，說實在的，今天這種情況，我還是第一次遇到。」

「好的，有什麼問題請聯繫我。」特德說，「那我先回去了。」

第二章　前往威爾士

海倫和本傑明送走了特德警官，他們來到博士的房間，看到他還站在寫字枱旁邊看着被拉開的抽屜，思考着什麼。海倫和本傑明都沒有説話，他們看看保羅，保羅很是無奈地搖搖頭。

房間陷入了沉寂，突如其來的情況使每個人都感到不知所措，這顯然是一宗陷害的行為，博士一時也沒有頭緒。

「暗箭！」沉寂了一分多鐘後，博士忽然看看海倫和本傑明，「這是致我們於死地的暗箭！」

「誰會這樣幹呢？」海倫絞盡腦汁，實在想不出什麼來。

「也許是某個魔怪，特別恨總是抓他的同類的我們。」保羅説，「我想不出來最近得罪誰了，抓住的魔怪也都被消滅了，不可能出來暗算我們。」

「無論是誰，他都是存在的。」博士的語氣很沉重，

「儘管凱文和希歐多爾都很信任我們，但是短劍是在我們這裏被找出來的，我們就要洗刷自己的罪名。現在能幫助我們的，只有我們自己。」

「嗯，我們可以自己打電話給自己。」本傑明看到房間裏的氣氛極其沉悶，想緩和這種氣氛，他假裝打電話的樣子，「喂，魔幻偵探所嗎？我們是魔幻偵探所，我們想得到你們的幫助……」

說着，本傑明被自己逗笑了，不過大家都沒有心思說笑，海倫還瞪了他一眼，本傑明馬上閉嘴，坐在了一邊。

「我看你們……」博士似乎也感到氣氛太壓抑，他指指大家，「放鬆些吧，什麼樣的困難我們沒有遇到過呢？」

「可是被人誤解與懷疑很不好受。」海倫說道。

「凱文局長和希歐多爾會長可沒有懷疑我們。」本傑明反駁道。

「對。」博士對還想說話的海倫擺擺手，「所以我們要全力以赴，抓到那個射出暗箭的傢伙，才能對得起這份信任。」

「沒問題！」本傑明站了起來，「博士，你說怎麼做，我一定全力以赴。」

「我也是！」海倫跟着站起來說。

「很好。」博士看看小助手們，「不過不要着急，要一步步來，我們先搜索各個房間，看看有沒有魔怪遺留痕跡。」

「是！」海倫和本傑明連忙說。

兩人一起向外走去，他們要去拿幽靈雷達。

「換我的頭像看來是個小事情，也就是個惡作劇吧。」本傑明走到門口，對海倫說，「這件事才是真正的陷害。」

「嗯，我倒要看看，是誰這樣做的！」海倫憤憤地說。

兩人回到各自房間，拿出了自己的幽靈雷達，在各個房間找尋起來。廚房窗戶那裏，博士正指揮保羅搜尋魔怪痕跡。保羅的雙眼射出紅色的射線，掃射着博士指向的地方。的確，正如海倫所說，這個區的治安良好，發生幾宗違反交通規則的事情已經算是大事了，夏末這個時候，很多人家的窗戶都是常開着的，誰也不會想到會有這樣的事發生。

海倫和本傑明用雷達仔細檢查了幾個房間，什麼情況都沒有發現，他們來到博士的房間，博士已經讓保羅檢測了整個房間，也沒有發現什麼。海倫和本傑明向博士匯報了檢測結果。

「看來進來放短劍的魔怪法力較高還很謹慎，這麼短的時間內，絲毫不留痕跡。」本傑明說，「不過如果是人類進來，那是不會留下魔怪痕跡的。」

「不管他是魔怪還是人類，確實是什麼都沒有留下。」博士説道，他有些無奈地聳聳肩，「他沒有留下什麼，我們卻少了些東西。」

「啊？」海倫和本傑明都很吃驚。

「博士説他放在抽屜裏的一百鎊現金不見了。」保羅説道，「兩張五十鎊的，一共一百鎊。」

「我也是剛剛才想起來。」博士説，「本來是放在抽屜裏的，現在沒有了，當然不可能是警方拿

走的，我想應該是那個放短劍的傢伙拿走了。」

「他還拿了我們的錢？」本傑明有些吃驚地說。

「那進來的應該就是個人。」海倫分析道，「魔怪不使用現金，有時因為需要會竊取大額現金，對這點小額現金不會感興趣。」

「沒錯。」博士點點頭，「根據這一點來分析，放短劍並拿走錢的傢伙應該是個人，但是這就更奇怪了，我們是和魔怪打交道的，得罪的也是魔怪，並沒有和哪個人結仇呀。」

「是的。」本傑明說着看看海倫，「你和誰結仇了嗎？」

「你才和人結仇呢！」海倫有些生氣地說，「你的頭像都變成豬頭了！」

「嘿嘿嘿……」本傑明尷尬地笑笑，「那是我們同學間的惡作劇，我們同學間就是這樣，比這更出格的事都有，再說放短劍的傢伙針對的主要是博士，又不是我。」

「情況是比較複雜的。」博士說着望向窗外，「也許是……有個魔怪不便於出面，背後指使某人……這都有可能呀！」

「博士，陷害我們的人說你殺害了維森，還說你和他有矛盾，你認識這個維森？」本傑明問。

「不僅認識，還在一起辦理過案件。」博士回憶道，「有七十年了，七十年呀，當時一起辦案的人有很多都去世了，說我和維森那時候產生了矛盾，警察也很難查呀，我只記得那次我們合作得很愉快。啊，對了，那次合作保羅也在。」

「嗯哼。」保羅晃晃腦袋，「我好像記得有這麼一個人，不過你知道啦，那時候我的各項功能沒有現在這樣強大，我大概記得這個人，具體是什麼事記得不是很清楚了。」

「對呀，你們是為什麼事而合作的呢？」海倫進一步問。

「擒拿一個叫米爾特的巫師，那個巫師四處害人，最後被我們剷除了。」博士說，「後來就再也沒有和維森合作過，只是遇到過幾次。保羅那時的各種技能的確不如現在，不過也發揮了些作用，保羅，你不記得了？」

「那個巫師我還依稀記得，但事情基本上忘記了，我的資料庫裏沒有這個案件。」保羅說。

「七十年前，太早了，你的資料庫沒有那麼早的資料。」博士說，他看看大家，「維森年紀比我小一些，前些天聽說他遇害了，我感到很震驚。」

「《泰晤士報》魔法版有報道，我看了。」海倫說，「說他死在家中，是被利刃所害，我以為當地的魔法師能很快破案，沒想到……」

「沒想到和我們聯繫起來了。」博士接過話，「不過這似乎是一個切入點，我們是不是能這樣認為，兇手殺害了維森，又嫁禍於我們。不過有個疑點，那就是兇手為什麼要嫁禍於我們？我們當然和維森沒有矛盾，但是應該和這個兇手有矛盾，或許是他一時之念，隨便就嫁禍給了我們，可是也不像，他應該是有預謀的！」

「真是複雜！」本傑明抓抓頭髮。

「是有些複雜。」博士說，「不過仔細梳理下，能找到些思路。如果暗算我們的傢伙不是隨意選中我們——注意，這一點的可能性不高……」

「我覺得這個可能性只有1%，甚至都不到。」保羅說，「這是我最新統計的結果。」

「很好。」博士說，「這傢伙和我是有一定聯繫的，而中間的紐帶，或者說是連接點，就是維森。我、維森和這個傢伙有了這樣的關聯公式，在不知道暗算我們的人是誰的情況下，就只有先查我和維森的關係，你們明白嗎？」

「聽上去很像是做數學題。」海倫皺着眉說。

「沒錯，就是一道數學題。」博士提高聲音說，「我和維森的關係只有那次擒拿巫師的合作，在這件事中，我們得罪了誰，誰的嫌疑就最大。」

「那個巫師被你們除掉了呀，難道他沒死？」本傑明疑惑地問。

「當場擊斃。」博士一字一句地說，「這一點我當然記得，他作惡多端，殺害了三個人。」

「那他有同夥漏網了？」本傑明接着問。

「沒有。」博士說，不過他隨即補充了一句，「我記得沒有。」

「這就奇怪了。」本傑明想了想，「復活了？不可能！」

「我要查一下七十年前的記錄。」博士說，「時間太久了，只能去魔法師聯合會的檔案庫去查了。」

「那我們過一會就去。」海倫雷厲風行地說。

這天下午，博士他們去了魔法師聯合會查閱檔案。這次離家之前，海倫和本傑明特別關好了窗戶，魔幻偵探所遭到了外人闖入，這可真是他們以前沒有想到的。

在魔法師聯合會檔案庫，他們找到了七十年前博士他們剷除邪惡巫師米爾特的報告，在那次行動中，博士和維森受到魔法師聯合會的委派，合力剷除了米爾特，幫助他們破案的還有幾個聯合會的魔法師，博士說這些人大部分都去世了。

他們特別查了米爾特的背景，這傢伙被剷除的時候只有二十多歲，他本來是一個正常的青年，不知怎麼弄到一本學習邪惡巫術的書，還真的練成了巫師，掌握了巫術的他開始四處作惡，最終被擊斃。他沒有同夥，家人也正常，這傢伙是自己練習巫術的，並不是那種傳統的邪惡巫師家庭。

除了保羅在這次查找中有些收穫——他找到了自己在那次行動中具體的作為，大家都一無所獲，他們無奈地回到了偵探所。一切線索似乎都中斷了。

回到偵探所後，博士並沒有氣餒，他希望威爾士的魔法師聯合會在維森遇害事件上能有所突破，如果能找到殺害維森的兇手，那麼誰拿走了短劍並嫁禍於博士就一清二楚了。

博士覺得有必要前往威爾士，維森遇害案件原本沒有委託博士辦理，按照管轄地原則，這個案件由當地的魔法師聯合會會同當地警方一起處理，但現在這個案件和魔幻偵探所有了直接關聯。

第二天一早，博士帶着個小助手，駕車前往威爾士的布雷肯鎮，維森就是在那裏遇害的。

負責辦理維森案件的威爾士魔法師聯合會人員接待了博士，並帶他們看了現場。維森是在家中遇害的，遇害時間是下午，當時他正生病，家人外出買藥，作案者就是利用這個機會下手的，否則作為資深魔法師的維森也不會那麼輕易就被殺害。

辦理案件的魔法師們一致認為維森遭到了突襲，他被謀殺者用維森自己的短劍殺害，沒有任何反抗就死去了，因此現場一點也不凌亂，作案者也沒有留下什麼痕跡，不過魔法師們還是推斷是魔怪所為，否則一個普通人殺害一個病中的魔法師也是有難度的。

威爾士當地的魔法師還對維森的近況進行了全面調查，他們發現維森這幾年一直深居簡出，而且他已經有三十年沒有參加任何擒拿魔怪的行動了，因此也找不到他和什麼魔怪結怨。經過這些調查，威爾士的魔法師們也感到相當煩惱，看到博士前來，他們一開始也很興奮，但是經過兩天的綜合分析，博士這邊也一時理不出頭緒來，他們都有些洩氣了。

第三章　記憶粉和炸彈

在威爾士呆了兩天，第三天，沒有取得任何收穫的博士他們只能先打道回府。汽車行駛在開往倫敦的高速路上，望着道路遠處的小丘，海倫和本傑明都顯得無精打采的。只有保羅不時地說上幾句話，他想讓情緒低落的大家稍微開心些。

海倫和本傑明對保羅講的笑話沒什麼興趣，他倆都在車上小睡了一會，不知不覺中，他們感到保羅在叫他倆。

「怎麼了？」海倫勉強睜開雙眼，她看到汽車已經停在偵探所的門前，「啊，到了，這麼快……」

「一點都不快。」保羅說，「進倫敦的時候堵了很長時間車，不過你們沒感覺，都睡着了……喂，本傑明，醒醒啦，到家了……」

本傑明被保羅叫醒了，他揉揉眼睛，慢慢地推開車門。

「啊——」本傑明站在車外，他伸個懶腰，「我要回房間繼續睡，累死我了。」

「你們等一下，我來開門。」博士説道，他走到車的後備箱，打開後從裏面拿出他們的行李，海倫也過去幫着他提行李。

「不用了，我來開門。」這個時候，本傑明掏出鑰匙，飛快地走上台階去開門。

「等一等！」博士連忙放下行李，看到本傑明飛快地上了台階，他大喊起來，並飛快地走上台階，一把按住因喊聲而驚呆了的本傑明的手。本傑明感到博士死死地按着自己的手，都有點痛了。

「怎、怎麼了？」本傑明緊張地問。

「不要開門！」博士突然顯得很緊張，他的聲音不高，但口氣極其堅決。他的雙眼直直地盯着大門。

本傑明一時不知所措，博士慢慢鬆開手，本傑明連忙收起鑰匙。博士快速將他拉到街邊，海倫和本傑明都有些驚恐地看着博士，他們知道，一定發生了什麼事。

博士沒有説話，他非常警惕地向四周望了望，沒有發現什麼。

「又有人來過我們家了。」博士緩緩地説，「也許還是那個人。」

「啊？」海倫和本傑明都大吃一驚。

「記憶粉重放——」博士唸了一句口訣，隨後對着大門一指，一道白光飛了過去。隨即，大門口出現了一個虛幻的景象，在一團淡淡的霧氣中，一個渾身綠瑩瑩的人形出現在大門口，他似乎掏出什麼東西，在門鎖那裏忙碌了半分鐘，門被打開，那個人推門進了房間。隨後，那團霧氣消失了，門口恢復了正常。

「這……」本傑明的嘴巴張得很大，都合不上了。

「有人進去過了，是撬鎖進去的。」博士說，「出門之前我在門口和後窗那裏撒了些記憶粉，記憶粉能存留魔怪或身上有魔氣的人類的身影信息並進行畫面重放，而一般如郵遞員這樣的人停留在門口則什麼都不會留下。記憶粉另一個關鍵功能是能在釋放者——也就是我本人距離釋放地三米的時候向我發出有人闖入的信號，我剛才上了台階，馬上收到了信號……」

「博士，你沒有和我說過這些！」本傑明激動地喊起來。

「這是我不好。」博士連忙抱歉地說，「我原本不

撬門進去的那人是兇手嗎？他為什麼
又再次進去偵探所呢？

想讓你們太緊張，同時想不一定再有人暗地裏闖入我們家了，就沒有告訴你們。如果沒人闖入，你們不知道記憶粉這事也無所謂，但是我錯了……所以剛才我說我來開門，就是想先看看發生過什麼……」

「哦，是這樣呀。」本傑明和海倫這才明白過來，本傑明想了想，「啊，博士，你有沒有在整個房間撒記憶粉呢？這樣能全程監視他的舉動了，好像放錄影。」

「這可是超級昂貴的魔法製劑，只能用在入侵者可能出入的地方。」博士有些無奈地說，「告訴你們吧，這次記憶粉全都用完了，要煉製成新的記憶粉最少也要三個月時間，而且材料很難採購。」

「那麼說我們現在沒有記憶粉了。」保羅遺憾地說，「博士，你施放記憶粉我也不知道，你想得真全面。」

「被侵入過一次了，從犯罪學角度講，案犯故伎重演的可能性很大，不得不防呀。」博士解釋道。

「剛才那段影像是什麼時候的事，不是現在吧？」海倫問道。

「資訊回饋反應有兩天多了，好像是我們離家後三個小時發生的。」

「哇，那傢伙好像盯着我們呢！」本傑明説着向四下看看，周圍還是那些房子，但他覺得似乎每個房子裏都隱藏着那個傢伙，「入侵者具體樣子記憶粉能顯示出來嗎？剛才那個太模糊了，勉強看清是個人形。」

「估計入侵者是個人類，身上只有淡淡的魔氣，顯影也模糊，」博士説，「要是個魔怪會更清楚些。」

「這次又會往我們家裏放什麼東西？」保羅忽然問。

「我們進去看看就知道了。」本傑明説着邁步向前，想要進去。

「等一下。」博士連忙拉住本傑明，「這次可沒那麼簡單，我估計裏面充滿殺機！」

本傑明和海倫嚇了一跳，博士鬆開本傑明，自己向前邁了兩步，他面對着大門，唸了句口訣。

「透視眼。」

博士開啟了透視眼功能，他的目光穿過大門和牆壁，直接射進房子裏，忽然，他冷笑一聲。

「他在門口那裏放置了炸彈！」

「哪裏？」本傑明和海倫説着各自開啟透視眼，他們看到了裏面的炸彈，隨後都看着博士。

「你們離這裏遠一些，」博士指指路邊的大樹，「到樹後面去，我去拆彈。」

「我來吧。」海倫說，「我學過的……」

「我來。」博士擺擺手，「不會很複雜的，老伙計，你跟我來。」

海倫和本傑明沒再説什麼，順從地站到了樹後。

博士和保羅各唸一句穿牆術口訣，從牆壁穿越進入房子，他們快步走到大門那裏。

一枚炸彈放置在大門後面，連着炸彈的一根細細的引線被強力膠布固定在門框和大門上。

「快速引爆炸彈！」保羅已經向炸彈射出了兩道探測射線，「只要大門被推開，引線就會斷開，炸彈會被急速引燃，我估計兩秒內炸彈就會爆炸，轟——」

保羅做了一個爆炸的動作，隨後有些緊張地笑笑。

「設置不複雜，沒有詭雷。」保羅又看看博士，「你可以拆彈了。」

博士點點頭，他讓保羅後退到客廳，走過去，慢慢地蹲下身，很快就拆掉了炸彈的引爆裝置。他把炸彈小心地放在客廳的地上，保羅跟了過去，他又掃描了一遍

被拆開的炸彈。

「炸藥好像不一般，被什麼包裹着呢。」保羅說。

「那是對付魔法師的炸彈。」博士微微一笑，隨後，他走到大門那裏，打開了大門，向樹後的本傑明和海倫招招手，「進來吧。」

說完，博士檢查了門鎖，他發現門鎖有被撬動的痕跡。

「他是撬鎖進來的，他在門口有半分鐘的時間，那是在撬鎖。」

「半分鐘就撬開了？」本傑明看着門鎖，「很有手段呀。」

海倫和本傑明提着行李箱進到了房間，博士沒讓他們進房間，而是自己在幾個房間看了看，沒有發現異常，博士把大家叫到了客廳。

「博士，你怎麼知道他安放的是炸彈呢？」本傑明到了客廳，就着急地問。

「簡單的推理。」博士沉穩地給大家倒水，「對方放置短劍想陷害我們，可沒想到警察來了又走了，我們一點麻煩都沒有。那個傢伙一定很失望，他沒想到警方如此信任我們。我推斷他非常明白，再進來放什麼陷害我們都沒用了，但是他還是進來了，因此我判斷他設置機關暗算我們的可能性很大。當然，開啟透視眼才發現安放的是炸彈。」

「博士，你看看吧，炸藥很特殊呢。」保羅提醒道。

博士點點頭，他彎下腰，小心翼翼地把炸彈裏的炸藥包取了出來，炸藥包的周邊，裹着一層藍顏色的棉布，博士解開了那層棉布。

「炸藥裏有魔力彈丸！」保羅大聲地説。

這時，本傑明和海倫的幽靈雷達也發出了強烈的魔怪反應，反應來自於炸彈的炸藥包。

「如果沒猜錯，這塊布的內層塗抹了特殊藥劑。」博士拿着那塊藍布聞了聞，「嗯，沒錯，是有藥劑，目的是防止魔力外洩，被我們的魔怪預警系統發現。」

「我明白了。」本傑明好像是有了重大發現，搶着説，「他是怕普通炸彈對付不了魔法師，所以在炸藥裏摻了魔力彈丸！」

「對。」博士用力點點頭，「就是這個目的，普通炸彈會給我們造成極大傷害，但是不一定致命，所以他才這樣做。」

「這是置我們於死地呀！」海倫非常氣憤，「這是誰呢？和我們有這樣大的仇恨！」

「這是第二支暗箭！」博士沒有也無法正面回答海倫，「開始想借刀殺人，現在直接謀殺了！」

「我們一定要把他揪出來！」本傑明高聲喊道，他氣得臉紅紅的。

「保羅，檢查一下炸彈，看看放置者有沒有留下什麼痕跡。」博士指着炸彈説。

保羅立即開始了新的檢查，不過查了一會，他搖了搖頭，説沒有發現什麼痕跡。

「看來這個傢伙很是小心。」博士説，「我給凱文打電話，炸彈也要交給警方。這件事的發生，也證明在偵探所發現短劍就是一個陷害。」

「這可以證明我們的清白了。」海倫看着那顆炸彈，自我解嘲地説。

博士給凱文打了電話，凱文並不是很吃驚，他提醒博士注意安全。過了一會，特德來取走了炸彈。

今天發生的事令本傑明和海倫想想都感到害怕，萬一本傑明開門衝了進去，結果必然是非死即傷。不過他們仔細一想，安心了很多，一切其實盡在博士掌握之中，他完全是有安排的，這都源自於博士做事的經驗和細緻。

第四章　一個計劃

晚飯後，博士將大家再次召集在一起。下午的時候博士叫大家好好休息，在威爾士很忙碌，回家後又遇到炸彈威脅，身體儘快調整過來非常重要。

「他就在我們身邊。」看到小助手們都坐好，博士不緊不慢地說，他的手對着四周指了指。

「你是說那個暗算我們的人？」海倫問。

「還會有誰呢？」保羅搶先說，「我能感覺到，他就隱藏在我們身邊，但是不知道具體在哪裏。」

「說了等於沒說。」本傑明揮揮手，「誰不知道呀，先是放了一把兇器進來，這次放了炸彈，都是趁我們不在的時候，他一定是在暗地裏觀察着我們的一舉一動。」

「嗯，就是這樣的。」海倫說，「其實下午我在偵探所周圍轉了好幾圈，還特別問了周圍有沒有新搬來的鄰居，結果什麼都沒有發現。」

「很好，我本來還想等你們休息好後安排這件事

呢。」博士誇讚道，「海倫和我的思路經常有一致的方向。」

「嘿嘿嘿！」海倫笑了，不過她隨即認真地看着博士，「可這有什麼用呢，我還是什麼都沒有發現。」

「不！你發現了那傢伙沒有借鄰居的身分隱藏在我們身邊。」博士說，「這也是一個發現呀。」

「這……」海倫若有所思地點點頭。

「我現在有了兩個結論。」博士轉入正題，「一，入侵者是個人類；二，這個傢伙背後有一個或幾個魔怪支持，而這個魔怪應該才是真正向我們射出暗箭的傢伙！」

大家都認真地聽着博士的話，唯恐落下什麼。

「支持第一點的證據是，第一次他是翻窗進來的，第二次則是撬鎖，如果是魔怪，直接唸穿牆術口訣進來就可以了。」博士繼續進行分析，「而且記憶粉顯影比較模糊，說明他僅僅和魔怪有所接觸，自己並不是魔怪。」

博士說着，端起水杯喝了一口水，他看看大家，再次開始了分析。

「背後指使這個人暗算我們的魔怪一直沒有親自動手，原因也簡單，這個傢伙很謹慎，他知道我們這裏是魔幻偵探所，不過不清楚房子裏有沒有預警系統，他害怕進入到房子後被直接鎖定，因此派個人進來，這樣對他來說安全性就有了保障。不過記憶粉還是從側面證實有這樣一個魔怪存在。」

「博士，我的思路開始清晰了。」本傑明說，「就是有個魔怪指使某個人陷害我們，而且他們就隱藏在我們周圍，了解我們的一舉一動，看到我們較長時間外出後就動手。可怎麼才能抓到他們呢？我們在明處，他們在暗處呀！」

「嗯，這個是關鍵。」博士點點頭，「海倫已經查過了，我們的周圍沒有出現新鄰居，我認為他偽裝成鄰居觀察我們的可能性也不大，這樣有可能很快就暴露。的確，我們在明處，他們在暗處，他們能觀察我們，我們卻不知道他們在哪裏，所以我想，能不能叫他們自己跳出來？」

「自己跳出來？」海倫眨眨眼，隨後她忽然笑了，「博士，你的意思是……」

博士也笑了，本傑明似乎也明白了博士的意思，跟着笑了起來，只有保羅一直問博士想到了什麼辦法。

「老伙計，不要着急，其實也沒什麼辦法。」博士摸摸保羅的頭，「第一次放兇器進來，沒成功；第二次他們放炸彈，也沒成功；那麼接下來一定有第三次，具體想幹什麼我們不知道，估計會使用比安放炸彈更隱蔽的手段。他們想置我們於死地，這是毫無疑問的，不過這樣我們的機會也就來了，只要我們先外出，然後悄然無聲地潛回房間，那麼就能等着他們自己送上門來了。」

「啊呀，是的。」保羅興奮起來，「這可是個好辦法。」

「現在也沒有別的辦法。因為我們不知道那傢伙躲在哪裏。」博士平靜地説，他看看保羅，「老伙計，你下午探測偵探所周邊的魔怪反應，沒什麼發現吧？」

「是呀。」保羅説，「五百米有效探測範圍內，什麼反應都沒有。」

「那就只能等他自己上門了。」博士説，「明天我們一早就出去，要大搖大擺地出去，然後我們再悄悄回來，潛伏起來，等着他上門！」

房間裏的氣氛頓時熱烈起來，海倫、本傑明和保羅開始熱烈地討論怎樣具體實施這個計劃。忽然，本傑明做了一個噤聲的動作。

「噓——我們這樣大聲，不會給那個傢伙聽到吧？」

「不會！」保羅大聲說，「他還不敢距離我們這麼近，我可是時刻開啟預警系統的，靠近我們偷聽，正好把他抓住！」

「那好吧。」本傑明得到肯定的答案，放心了，他的聲音也提高了，「明天我們就能抓到他了，我倒要看看他是誰！」

「你總是興奮過度！」海倫謹慎地說，「我看沒那麼容易。」

「你總是過分小心。」本傑明針鋒相對。

沒等他倆吵下去，博士連忙制止了他倆，隨後開始安排布置詳細的計劃，小助手們都仔細地聽着，還提出自己的建議。

第二天一早，博士和小助手們在八點的時候出了門，他們並沒有表現出特別的舉動，一切就像是和以往外出一樣。記憶粉沒有了，博士也沒辦法馬上找到，不過他們這次並不是很需要，因為他們馬上要回來。

大家上了博士的汽車，本傑明一進到車裏，就向街邊的那些房子裏看了看，也許那個傢伙隱藏在裏面，他又向不遠處的幾幢高樓看了看，也許那個傢伙隱藏在高樓裏。

「不要東張西望的。」海倫碰碰本傑明，「昨天博士都說了，要表現自然一點。」

「我是在車裏呀，」本傑明無所謂地說，「再說向外看看也正常。」

「不正常，你平時不這樣的！」海倫不依不饒地說。

「誰說的？我平時就這樣的，你才不正常，總是過於緊張……」

「我覺得你們都很正常。」博士說着發動了汽車，「總是吵來吵去的，你們什麼時候不再爭吵，那才是不正常了。」

兩個小助手不好意思地都笑了起來。

汽車開上了路，很快轉到向東的幹道，他們穿越了倫敦城的北部，開出了城，出城後，他們一直向西開。博士駕車的速度不算快，開了不到一個小時，他們把車開到距離倫敦30公里的紹森德市，這個城市很小，博士將車開到一個停車場，停好了車。

「沒人跟蹤我們。」本傑明說，他們的計劃需防備魔怪的跟蹤，以免被魔怪發現他們是假外出，「海倫，你說呢，你的反跟蹤技術比我強。」

「我也沒發現什麼。」海倫說。

「我也沒有探測到魔怪反應。」保羅跟着說。

「我一直盯着後面看呢，我倒是希望有人跟蹤，直接把他抓住！」本傑明說着看看窗外的停車場。

「應該不會跟蹤我們，他只是確認我們離開家裏，並在派人進入時警戒。」博士說，「不過不得不防呀……好了，我們下車，一切按計劃行事。」

他們一起下了車，隨後來到紹森德市的巴士站，大家上了一輛開往倫敦的巴士，保羅一動不動，被海倫當成玩具狗抱上了車。這輛車將在距離魔幻偵探所兩條街外的一個巴士站停靠。

巴士在十分鐘後開動了，車上的乘客還不少，很快，他們又來到了倫敦。博士他們上車後就坐在巴士的最後排，巴士在到達他們下車的車站前要停靠六個車站，從第一個車站開始，每到一站，他們中就有一個人唸隱身口訣隱去身形，最後一個隱去外形的是博士，這樣，巴士還沒有開到目的地，他們全都在車上隱身了。上上下下的乘客很多，沒有人注意車上消失了幾個人。

這輛巴士開了一個小時，到達了貝克街北面兩條街的車站，車門一開，博士他們跟着幾個乘客下了汽車。

大家隱身走在街上，他們相互之間能看到，但誰都沒說話。一切都按計劃進行中，沒幾分鐘，他們來到了貝克街的魔幻偵探所。

貝克街和往日一樣，這個時候的街上行人較少，顯得非常安靜，海倫和本傑明都是第一次以這樣的形式回家，看着眼前的偵探所，他們感覺有些怪怪的。

博士走到偵探所門口，他看了看四周，又看看身邊的小助手，然後點點頭。

「擋不住我的心也擋不住我的形！」博士默唸一句穿牆術口訣，他轉瞬間就進入到屋子裏。

幾個小助手也各唸口訣，一起穿牆進入到屋裏。

進入屋後的博士先是觀察了一下，他很謹慎，要確認這段時間屋裏沒有人進來，他發現沒什麼情況，就恢復了真身，接着他們快速來到本傑明的房間裏，這裏拉着厚厚的窗簾。

「動作一定要輕，傍晚後不能開燈。」博士不太放心，叮囑道。

「放心，就是開也開不了。」本傑明笑了，「我已經把電閘關了。」

博士也笑了，他滿意地點點頭，隨後拍拍保羅。

「老伙計，你去客廳的沙發下，全方位預警。記住，可不能亂動呀，現在是特殊時期。」

「我把保羅的電源關掉，這樣保證不動。」本傑明説着假裝做出一個關電源的動作。

「一邊去！」保羅擋開本傑明的手，他看看博士，「那我去了。」

保羅來到客廳的沙發下，靜靜地趴下，他開啟了全方位的預警，不僅是探測魔怪反應，如果有人靠近大門，他也能及時發現，並向在本傑明房間裏的博士發出信號。

博士他們呆在本傑明的房間裏，在這個房間裏，他們能走動，但是不能開燈，説話的聲音也盡量壓低，從外面看起來，魔幻偵探所裏的人都外出了。

耐心的等待開始了，這種等待經常是漫長的，博士他們已經做好了準備。為了避免等待的枯燥，他們各自上網。博士説這次守候條件很不錯了，因為是在自己家裏，而不是在野外，餓了可以去吃，渴了可以去喝，只是晚上一到，房間裏不能開燈。

連續的上網也很疲累，本傑明和海倫下午都去睡了一覺，到了晚上要睡覺的時候，兩個人看起來卻精神十足。

「今天看來是沒希望了。」博士説，「我回房間去休息了，你們也早點休息。」

「好的。」本傑明説，「博士，我們去威爾士的那天，走了三小時他就登門了，這次怎麼……」

「這就不清楚了，」博士很無奈，「再等兩天吧。」

「但願他不知道我們已經回來了。」海倫有些不放心地説，「否則就白等下去了，還被他看了笑話。」

「我也有這個顧慮。」博士的語氣稍有些沉重，「希望他是看到我們破解了炸彈裝置，變得謹慎起來，還在思考該怎樣設置陷阱……今晚要很小心，隨時注意保羅發出的信號。」

「這個你放心，我上半夜值班，本傑明下半夜值班。」海倫說，「其實我們都很有精神，不睡覺也沒關係。」

「有保羅呢，你們還是要休息一會。」博士叮囑道。

博士出了房間，他悄悄地來到客廳，保羅看到博士走來，從沙發下鑽了出來。

「沒什麼情況。」

「晚上要特別小心。」博士蹲下身子說道。

「我知道，你放心去睡吧！」

博士離開了客廳，去休息了。海倫和本傑明在房間裏，屋裏屋外都靜悄悄的。

「海倫，你說那傢伙今晚會來嗎？」本傑明小聲地問。

「我想……」海倫皺起了眉，「不會！」

「我也是這樣想的。」本傑明說，「要來早就來了。」

「沒辦法，還要等下去。」海倫無可奈何地說。

就這樣無奈地等着，到了晚上十二點，海倫忍不住也打起了瞌睡，她回房間去休息了，本傑明又堅持了一會，睏意上來了，他也休息了。

第五章　氣味鈔票

第二天一早，由於厚厚的窗簾沒有拉開，本傑明一直睡到九點多才醒來，醒了以後，他看到博士和海倫都坐在房間裏，也不知道他們是什麼時候進來的。

「怎麼樣？」本傑明揉揉眼睛，「沒事吧？」

「沒事。」海倫說，「希望今天他能來。」

海倫的願望在新一天的夜幕降臨之時，基本上破滅了。這一天又是白白地等待，什麼情況都沒有發生，由於哪裏都不能去，吃的食物也都是麪包、牛奶等簡單食品，本傑明有了一些小小的抱怨。

晚上十一點，博士看看等待無望，便叫大家全都去休息。本傑明躺下後，怎麼也睡不着，這一天他哪裏都沒去，下午還睡了一覺，現在躺下後很有精神。這時，外面似乎有什麼響動，他連忙坐起來，下牀來到窗戶邊，忍不住掀開窗簾的一角向外望去，不過他立即失望了，他看到街對面一個夜歸的鄰居在停車。本傑明無奈地回到牀上，非常失落。

又一天來到了，本傑明這次是被叫醒的，他也不知道昨晚是什麼時候睡着的。

「沒什麼事吧？」本傑明看着剛把他搖醒的海倫，又看看坐着的博士，「不要告訴我在我睡覺的時候已經抓到那個傢伙了。」

「想的倒是好！」海倫說，「他沒來。」

「博士，我看他不會來了。」本傑明開始抱怨起來，「這樣等下去要到什麼時候呀？」

正說着，保羅走了進來，本傑明的話他都聽到了。

「嗨，我說本傑明，你不要這麼沒有耐心。」保羅鄭重地對本傑明說，隨後他看看博士，「博士，這樣等下去要到什麼時候呀？我看他不會來了。」

本傑明和海倫聽到這話，都開始翻眼睛。

「我看……」博士說着站了起來，他走到窗戶邊，拉開了窗簾，一股明烈的陽光照射進來，「他確實不會來了，我們的這個計劃失敗了。」

「啊？你也這麼認為？」本傑明捂着眼睛，他還不適應強烈的陽光。

為什麼博士會認為計劃失敗了？

「昨天就有這個感覺了，不過確實還存在一點僥倖心理。」博士說，「要來早就來了，要是魔怪真的確定我們離開，不及時派那人進來是他們自己耽誤戰機，我想他是不會這樣做的，這也就說明……」

博士沒有說下去，而是用啟發式的目光看着幾個小助手。

「你的意思是不是那個魔怪發現我們回來了？」保羅緩緩地說。

「完全正確，老伙計！」博士高興地說。

「哈哈，我蒙對了。」保羅立即得意起來，不過他隨即捂着嘴，「是猜對了，猜對了，我也會推理……」

「可是他怎麼發現我們回來了呢？」本傑明說話的聲音也不刻意壓低了，他還激動地揮着手臂，「我們隱身回來，汽車還在紹森德呢！」

「他有他的辦法。」博士站在窗戶前，看着外面，「只是我們不知道。」

「我一定把你揪出來！」本傑明走到博士身後，對着窗戶外面揮着拳頭，好像那個魔怪就在外面看着自己一樣。

「博士，接下來我們怎麼辦？」海倫也走到博士身後，輕聲問道。

「改變計劃。」博士說，「他有他的辦法，我們也要有我們的辦法。」

說着，博士回頭看看海倫和本傑明。兩個小助手也看着博士，博士把手一揮。

「我們先去吃飯，這幾天不是牛奶麵包就是麵包牛奶。」

「你這樣一說我感到很餓了。」本傑明馬上跟着說。

「我也要吃一些潤滑油了。」保羅說着向外走去，「我感到動力不足了，也許是情緒不足，反正都不足……」

吃過早餐，博士要去紹森德把汽車開回來，本傑明和海倫則在家中留守。博士剛打開大門，本傑明就跟在他身後。

「博士，這樣走出去，會不會不好意思呀？那個魔怪可能正得意地看着我們呢，他知道了我們的秘密。」

「這個嘛……早上好！」博士笑了，他煞有介事地對着外面招招手，然後看看本傑明，「看，我和他問好了。」

「早上好！」本傑明也笑着對着外面招手，「我們早晚會抓到你的。」

「鬥智鬥勇還要繼續下去。」博士對本傑明說，「好好看家，一切都要看最終的勝利屬於誰。」

博士說着出了屋門。本傑明站在門口，看着博士走向巴士站的背影。

「一切要看最終的勝利。」本傑明若有所思地重複着博士的話。

博士不到中午就回來了，本傑明聽到門口的停車聲，連忙去開門，他又忍不住向四周張望起來，儘管他知道這樣根本不會發現隱藏在某處的魔怪。

博士回到偵探所後便坐到自己的辦公桌前，他靠在椅子上，閉着眼睛，看起來像是在休息，不過海倫和本傑明都知道，他這是陷入深思之中，新的計劃會隨時出現。兩人很是期待。他們都不敢打擾博士，帶着保羅來到另外的房間裏。

本傑明進了房間，坐在沙發上，他也閉上雙眼，一動不動的。

「嗨，本傑明，你在做夢嗎？」保羅好奇地問道。

「別煩我。」本傑明說，「我在思考新的辦法，思路都被你打斷了！」

「看起來很像博士。」保羅嘲弄地説，「不過我估計你想出辦法的可能性為零，我不用統計就知道。」

「嘿！」本傑明睜開眼，瞪着保羅，「我有那麼差嗎？我可是本傑明，非常規戰術大師！你破壞了我的思路！」

「你有什麼思路？」保羅不屑地問。

「我的思路就是現在我還沒有思路！因為被你打斷了！」本傑明用手去推保羅，「出去玩，不要打攪我，我剛才都快想出來了。」

「就不出去！」保羅躲避着本傑明，「你應該貼上鬍子，戴上眼鏡，這樣就更像博士了，不過你不夠胖……」

「你這個老保羅！」本傑明衝上去抓保羅。

「我説你們兩個不要鬧了。」海倫制止道，忽然，她扭扭頭，「嘿，好像博士在走動，他一定是想好了……」

「看看，本來是我先想出新計劃的，都怪保羅。」本傑明説着拉開門向外走去，海倫和保羅也跟了出去。

只見博士已經進了自己的房間，他沒有關門，走到上次被放了短劍的寫字枱旁，拉開抽屜，沒有再關上，而是在那裏靜靜地看着抽屜。

小助手們都站在門口，同樣靜靜地看着博士。博士的手托着下巴，看着那個抽屜，忽然，他看了看門口的幾個小助手。

「博士……」海倫小聲地說，「你有辦法了？」

博士沒有說話，只是微微點點頭，還笑了笑，隨後他又盯着那個抽屜看了起來。

「一定有辦法了。」海倫看着本傑明，很是興奮。

「我差一點就先想出來。」本傑明也很興奮。

「誰信你呢！」海倫推了推本傑明。

正在這時，博士向他們招招手，他們連忙走上前。

「博士，有什麼辦法？」本傑明急着問，「快告訴我們！」

「確實有辦法了。」博士笑着說，「我們還是出去，讓他自己進來……」

「啊？想了半天還是老辦法呀。」本傑明立即垂頭喪氣。

「本傑明呀本傑明，你可真是個急脾氣。」博士摸摸本傑明的頭，海倫又推推本傑明，「我們這次……真的離開！」

「真的離開？！」海倫和本傑明同時問。

「沒錯！」博士說，「而且還要離開得很遠，起碼離開這裏五公里以上的距離，我們要給那個傢伙充分的時間進來，而且保證不能打攪他！魔怪在暗中觀察，能知道我們有沒有真的離開，再決定派不派同夥進來，這一點應該是毫無疑問的。」

「這我知道呀！」本傑明有些不解，「看起來我們要請人來陷害自己？」

「就算是吧，這次就是要放他進來。」博士說，「注意，這不是關鍵，關鍵在於這裏……」

說着，博士的手指了指抽屜。

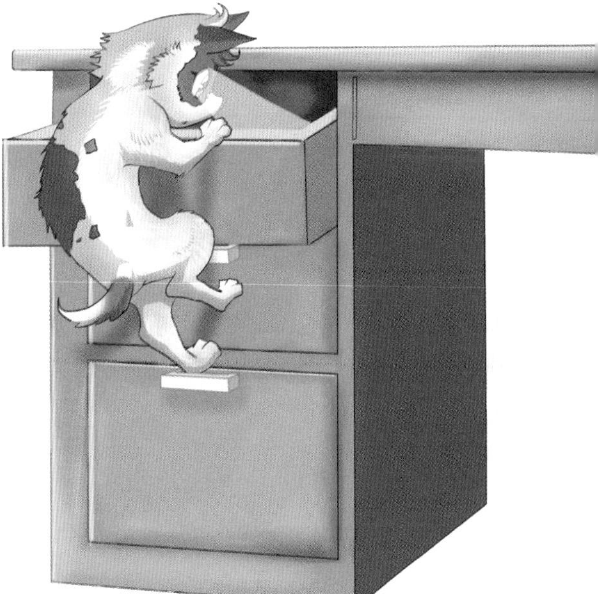

「這裏？」保羅站起來，雙手趴在抽屜的外沿上，往裏面看着。

「你們還記得嗎？上次那個

傢伙入侵房間，放下了短劍，拿走了我放在抽屜裏的兩張五十鎊鈔票。」博士問。

「記得。」海倫和本傑明一起說。

「從此可以推斷，進來的這個人比較貪財，一百鎊放在抽屜裏，他順手就拿走了，魔怪絕不是派他來這裏偷錢的，他的目的是陷害我們，拿走鈔票是他的個人行為，估計魔怪也不知道。」博士比劃着說，「所以，我們這次真的放他進來，我在桌子上放上兩張鈔票，他肯定會拿走，這就好辦了……」

「啊，我明白了。」海倫興奮地說，「我們可以在鈔票上做些文章。」

「對！我很早以前試製過一種氣味跟蹤劑，只要塗在鈔票上，保羅就能根據氣味跟蹤到那個傢伙。」

「要是那人拿走鈔票，中途花掉怎麼辦？」本傑明問，「也許我們跟蹤到的只是一個超級市場的收銀員。」

「問得好！」博士高興地看着本傑明，「這點我早就想到了。我把鈔票放在桌子上，臨走前把跟蹤劑倒在鈔票上，這種跟蹤劑是無色的，而且迅速揮發，人類和魔怪的鼻子對這種味道基本無察覺。關鍵在於，我倒上跟蹤劑後，誰第一個觸碰這張鈔票，跟蹤劑就會和這個人的手指汗液發生唯一的一次化學反應，味道會長時間地留在那人的身上，隨後接觸鈔票的人則不會再發生反應了，所以鎖定的只有拿走它的人！跟蹤劑和人體汗液產生的味道我早就保留了一份，到時候給保羅聞聞就記住了。」

「真是太妙了！」本傑明大聲地誇讚起來，「這就好像有一根線，我們在這邊，那一邊是入侵者，他是無論如何跑不了的。」

「這個比喻很恰當。」博士誇獎道，「在細節方面，那個人設置陷阱時可能會戴着手套，拿走鈔票時也會戴着，不過這沒關係，他走出了這裏，就會摘去手套，只要他觸碰這張錢，就會發生反應，這種反應是化學反應，不是魔力反應，背後指使他的魔怪一點都不會察覺！在我們被『害死』之前，闖入者要等結果，也不會離開倫敦，這樣我們很快就能抓到他！」

「那麼他確實在倫敦，但是在很遠的地方呢？」本傑明有個疑問，「我的意思是保羅能聞到那個氣味的距離有多遠，我怕萬一距離太遠保羅聞不到。」

「半徑三十公里。」博士得意地說，「他出了倫敦都能聞到，那是我設計的超強反應跟蹤劑量！」

「你平時做的那些試驗，關鍵時刻總是能派上用場。」海倫的語氣充滿了敬佩和讚歎。

「那你這個管家婆也不多撥一些款？」本傑明插話道。

「這是兩回事！」海倫急忙辯解，「我們又要生活，又要添置裝備，這些都需要精打細算。」

「你總是有理！」本傑明不服氣地説。

「好了，好了。」博士連忙制止，「我們現在在討論我的計劃，有一項很關鍵，我們離開後再次返回，這時偵探所裏已經設置了新的陷阱，也許我們一時發現不了，這就很危險了。換句話説，我們可能坐在一個隨時會爆炸的炸藥桶上，但是為了避免暗中觀察我們的魔怪起疑心，而且我們還要進來看看鈔票是否被拿走，因此大家都要冒一定的風險。」

「我不怕！」本傑明想也不想就説。

「我也不怕！」海倫跟着説，「我會特別小心，特別注意炸彈的絆線……」

「或許他換了手法。」博士説，「能發現陷阱最好，不能發現也沒關係，只要我們快速抓到那個人，也就知道他到底設置了何種機關！」

「他最好正和魔怪在一起。」本傑明握了握拳頭，「一起抓住！」

「你總是想得那麼輕鬆。」海倫禁不住抱怨起來。

「我是樂觀主義者，你是悲觀主義者，我和你不一樣……」

「我也很樂觀……」

「噢，又開始了。」博士連忙捂着耳朵。

「他們前幾天悶在房間裏，沒有吵架。」保羅解釋起來，「現在要補上。」

「那你們『補課』吧。」博士邊説邊逃，「我去想想該到哪裏去，我們儘快給那傢伙騰出地方。」

博士説着跑去了客廳。海倫看看本傑

明，鼻孔裏發出不屑的聲音，隨後揮揮手，跟着博士到了客廳。本傑明也「哼」了一聲，來到客廳。

「博士，戰場轉移了。」保羅跟在他倆後面，大聲地說。

「我們不吵了。」海倫走到博士身邊。

「我可沒這麼說，」本傑明小聲地說，「這些天你總是針對我……」

「博士，你說我們離開後去哪裏？」海倫沒有理會本傑明，她看看博士。

博士說：「我想好了，我們就去魔法師聯合會吧，魔法師去魔法師聯合會，很正常，魔怪要是發現也不會起疑心，我也正好和希歐多爾會長討論一下案情。」

「那我們現在就去那裏吵……」本傑明立即說，不過他馬上發現自己說錯話了，「啊，不對，那我們就去那裏……現在就去。」

「不要這麼急。」博士說着隨手指指外面，「這麼快就離開，反倒會讓魔怪起疑心，我們再過兩天出門，這幾天我們要呆在家裏。」

幾個人展開了討論，對新計劃的細節部分做了詳細的制定。接下來的兩天，他們全都留在家裏，按部就班地生活，和以往一樣，有兩次三個人一同外出，不過也就是去附近的超級市場和街心花園，一個小時內就回到偵探所，他們知道，這麼短的時間，這樣近的距離，魔怪還不敢派出那個人。

第六章　闖入者被擒

兩天過去了，第三天的一早，博士他們吃過早餐就準備出發了，臨出門前，他把一張五十鎊和一張二十鎊的鈔票放在客廳最裏面擺了簡單雜物的桌子上，並且小心地倒上了跟蹤劑。做完這一切，他看看身邊的小助手，隨後指指大門，他們走了出去。

魔法師聯合會的希歐多爾會長早就知道了他們的來意，他非常高興，給博士他們準備好了房間，希歐多爾建議他們在這裏住上兩天，一來好讓那個傢伙有充分的時間進入到魔幻偵探所，二來他和博士可以好好敍敍舊，同時就一些魔法問題展開討論。

海倫和本傑明到了聯合會，非常興奮，第一天上午的時候他們在各個辦公室亂竄，包括希歐多爾會長的辦公室。下午的時候，博士帶他倆參觀了聯合會的魔法博物館，儘管他們以前來過幾次，但是更換了展品的博物館讓他們興奮不已。不過到了晚上，博物館關門了，魔法師們下班了，本傑明和海倫果然在聯合會裏大吵一架，隨後在長達一小時十五分三十秒的時間裏，兩人互不説話。保羅進行了時間統計，不過保羅也不知道他倆怎麼又和好了，他也懶得去問，這事可是經常發生的。

第二天博士就案件和希歐多爾會長進行了討論，又去檔案室裏翻查了一些資料，到了下午，博士覺得這次他們真的離開，魔怪不可能不知道，新的陷阱肯定已設置完畢，他們是該回去的時候了。

博士他們告別了希歐多爾會長，上了車，這裏距離偵探所有八公里的距離，汽車要穿越經常塞車的倫敦城，博士駕駛着汽車在倫敦城區裏走走停停，開了好一會，他們快到家了，本傑明不由自主地緊張起來。

「博士，那個傢伙會來嗎？」本傑明忐忑地問，「真怕他不來。」

「魔怪的報復心極強，否則就不是魔怪了。」博士看着前面的路，不緊不慢地説，「他們會抓住一切機會的。」

「我覺得他會來的。」海倫看着車窗外，她壓制着緊張的情緒。

汽車開到了偵探所的門口，剛停下來，保羅就向裏面連續射出三道探測信號，沒有發現任何魔怪反應。海倫和本傑明同時開啟了透視眼，向房子裏張望着。

「門口沒有設置炸彈。」本傑明說，「客廳裏也沒有……」

「我的房間也沒什麼，初步看起來是這樣的。」

「我們下車吧……」博士平靜地笑笑，「不要緊張，也沒必要緊張，我們又不是毫無防備。」

「好像他沒有來？」本傑明有些洩氣，「哎……」

大家下車後，博士第一個跨上了台階，他站在門口，掏出了鑰匙，門鎖這次沒有被撬動過的痕跡，他也用透視眼檢查了一遍，沒有發現裏面有炸彈裝置。

博士打開大門，他先走進房子裏，海倫他們隨後跟上來。本傑明關上了大門，博士已經叮囑過他們，進門後不能像以往那樣直接往裏闖，他們都站在門口，用透視眼功能審慎地觀察着房子裏的一切。

這座房子同以往一樣，看上去沒有任何變化，他們重點檢查的是房子裏是否安裝有炸彈裝置或是其他什麼殺傷性的裝置，不過看了一會，沒有發現什麼異常。

「警報暫時解除。」博士確定房子裏沒有爆炸威脅，「不過還是不要觸碰任何東西，也不要回自己的房間，最終答案就要揭曉了。」

說着，博士揮揮手，向客廳最裏面的桌子走去，那兩張鈔票就在上面。三個小助手跟在後面，他們都很緊張。

離那桌子幾米遠，博士就看到——鈔票不見了。

「他拿走了！」本傑明也看到了，他頓時興奮起來。

「我從來沒有這樣的感覺，」海倫激動地說，「我是第一次這麼迫切地希望自己失竊！」

「大家小心了。」博士還是那麼平靜，「他進來過，而且一定設置了陷阱，不過我們至今沒有發現，所以我們只能呆在這裏，不能觸碰這個房間裏的任何東西。」

三個小助手都緊張地看着博士，一動不敢動。

「我去後面看看。」博士說，「你們在這裏，不要動。」博士說着向後面的房間走去，不一會兒，他回來了。

「怎麼樣？」看到博士回來，本傑明連忙問。

「他從後門進來的。」博士說，「後門鎖有輕微的撬動痕跡。」

「那邊有什麼裝置嗎？」海倫不放心地問。

「沒有。」博士說完從口袋裏掏出來一個透明的試管一樣的東西，「鈔票被拿走了，現在一定都產生化學反應了，這是人體汗液和跟蹤劑混合氣體的樣本，老伙計，你來聞聞。」

説着，博士蹲下身子，打開了試管的蓋子，保羅把鼻子湊了上來，用力吸了吸。

「好了，我記住這種味道了，也儲存了。」保羅説着搖搖尾巴。

「我們出去，」博士說，「找到那個傢伙就知道一切了。」

大家出了房間，一起進到博士的汽車裏，保羅一直不停地轉動着頭，分辨着空氣中的氣味。他直接坐到了汽車副駕駛的位置。

「找到了嗎？」博士一進到車裏就問。

「找到了。」保羅又用力地吸吸鼻子，「東南方向，距離我們將近八公里，大致方位……舊肯特路和沃爾沃思路中間，沒錯，就往那個方向開！」

「那就出發。」博士說着發動了汽車。

「這就鎖定他了？」本傑明有些不敢相信，他非常激動，「太容易了吧？」

「確實是呀！」海倫也有些不敢相信，「這就能抓住他了……」

「你們還要怎麼複雜？」保羅坐在博士旁邊，「啊，右轉，對，一直向前開……」

保羅指揮着博士，他們飛快地向目標位置駛去，不一會，他們就跨越了泰晤士河滑鐵盧橋，隨後繼續向倫敦城的東南方向行進。

「信號越來越強烈了。」保羅一路都很興奮，「哈哈，他就在那裏，一直都沒有動，那是他家嗎？」

「到了就知道了，」博士笑了笑，「最好主角配角都在，我們一網打盡。」

「只有配角在也可以。」保羅眉飛色舞地説，「找到配角就能找到主角了，就是麻煩些。」

汽車很快駛上了舊肯特路，保羅指揮着博士一直向南開。博士提醒大家做好戰鬥準備。

「右轉右轉！」保羅看到前面有個路口，忽然喊道。

博士連忙駕車右轉，他把車開上一條小路，保羅這時完全趴在了駕駛台上。

「向前一百米，他跑不了的。」保羅激動地搖着尾巴。

汽車停在了一家酒吧的門口，博士把車靠在路邊後沒有急着下去。他向酒吧看了看，酒吧裏比較昏暗，好像有幾個顧客。

「就在這裏。」保羅的聲音壓低了很多，唯恐被誰聽到，他指指酒吧，「沒有魔怪反應，只有配角在，主角不在。」

「那就更容易了。」博士扭頭看看後排座位的海倫和本傑明，「你們守在門口，我和保羅進去。」

海倫和本傑明一個守在車裏，另一個站在旁邊一家商店的門口，假裝看櫥窗裏的商品。博士抱着一動不動的「玩具狗」保羅，進了那家酒吧。

酒吧裏的人不多，裏面有兩台高懸的電視，正在播放賽馬節目，兩三個男人死死地盯着電視，其中一個三十歲左右的男子，手裏拿着一杯酒，情緒比較激動。博士進了酒吧後就坐在門口的一張椅子上，他要先等保羅的確認。

「……黑鬱金香，6號的黑鬱金香衝過了終點，牠獲得了第一名……」電視上，賽馬們已經開始了最後的衝刺，電視評論員激動地喊叫着，「讓我們祝賀騎手……」

「詹姆斯，你這個笨蛋！」手裏拿着酒杯的男子氣急敗壞地掏出手機，「你給我的什麼爛消息，角鬥士連前三名都沒有進，黑鬱金香是第一……」

「就是他！打電話的那個傢伙。」保羅被放在一張椅子上，小聲地説，「跟蹤劑的味道極其強烈，身上也有輕微魔怪反應，證明他和魔怪有接觸！」

「請問喝點什麼？」一個侍應走了過來，問道。

「我來找人，」博士站了起來，對侍應笑笑，隨後向打電話的男子走去，「我找到他了。」

打電話的男子還在罵着，沒有察覺博士走到自己的身邊，他又罵了幾句，隨後收起了電話。

「先生，我有些內幕消息想告訴你。」博士走到那人身邊，小聲說，「保證你有收穫。」

「你是誰？」那人詫異地看了看博士。

「有關魔幻偵探所的內幕消息不需要知道嗎？」博士保持着微笑，「比如說哪裏安放炸彈不容易被發現，我對那裏一清二楚！」

那人臉色頓時大變，正在這時，博士默唸一句口訣，那人全身變得僵直，好像凝固了一樣。

「跟我來。」博士對那人說，隨後往桌子上放了一張鈔票，替他付了酒錢。

那人僵硬地跟在博士身後，向酒吧外走去，到了門口，博士抱起椅子上的保羅，他們出了酒吧。

博士帶着那人來到汽車裏，守在旁邊一家店門口的海倫也快速上了車，那人坐在後排座椅的中間位置，海倫和本傑明一左一右看着他。

「復原。」博士對那人唸了句口訣。

那人頓時癱軟下來，本傑明連忙扶住他。這傢伙直起身子，顯得極為緊張，頭上的汗都冒了出來。

「嗨，我叫南森。」博士對那人説，「先説説你叫什麼？」

「我……布朗……」那人的眼睛都不敢看博士，「我叫布朗。」

「倫敦本地人？」博士又問。

「是，本地人。」叫布朗的男子點點頭。

「多大了？」

「三十一歲。」

「坐過多少年牢？」

「啊……」布朗先是一愣，後低下頭，「加起來有五年。」

「因為盜竊？」博士盯着布朗。

「是。」

「好了，我們不兜圈子了。」博士的語速稍快，「我就是魔幻偵探所的南森博士，你應該知道我為什麼找你，希望你配合，今後我會通過倫敦警察局和魔法師聯合會在法官面前為你求情，你明白嗎？」

「我……明白。」

「很好。」博士點點頭，「你最近和一個魔怪在一起，他叫什麼？」

「他……我……」布朗的臉色霎時變得更加難看了，「我……」

「他叫什麼？」本傑明大聲地喝問。

「叫西拉斯。」布朗顫巍巍地說，似乎提到這個名字都很害怕。

「炸彈是他叫你放在偵探所的？還有那把短劍！」博士的語速開始放緩了。

「是的。」

「為什麼這樣做？」博士進一步問，「他為什麼要陷害我？」

「這個我真不知道。」布朗一臉委屈地看着博士，又看看本傑明，「他沒有和我說，就是叫我去做，我全是聽他的，你們知道，我們之間沒有冤仇的，我都不認識你們，全是他叫我幹的……」

「好，好。」博士打斷布朗，「先不說這個問題，我想知道他為什麼找到你，你們很熟嗎？」

「沒有！」布朗差點跳起來，「我也不認識他，我以前根本就不認識他……」

「那你們怎麼在一起的？」保羅趴着座椅靠背問。

「我們……」布朗看看會說話的小狗，「我們……我在科文特加登市場行竊，被他看到了，我開始還以為他是便衣警察呢，結果他是一個巫師，他說正在物色我這樣的人，幫助他辦一些事。啊，就是在你們的房間放短劍這樣的事。我本來不想答應的，但是他威脅要殺死我，還顯示了一些魔法，不得了，他能飛行，還會變身，啊，還能用手指溶化鋼鐵，殺死我不是易如反掌嗎？我就答應他了。他說他進入你們的房子可能會被檢測出魔怪反應，你們會發現他，而我進去則沒事。」

「就這樣？」博士等了幾秒鐘，隨後問道，「沒有別的？」

「沒有啦。」布朗說，他忽然看到博士嚴厲的眼神，

「啊，還有，他先給了我五百鎊，說事成之後給我一萬鎊，我……」

「知道了。」博士擺擺手，「一萬鎊，不少呀……你剛才說他是個巫師？」

「對，巫師，很厲害的巫師。」

「邪惡巫師！」博士側過身，看看幾個小助手，「身上有強大魔性的巫師，雖是人形但和魔怪沒什麼區別。」

「原以為是個魔怪，」保羅點點頭，「原來是個邪惡巫師。」

「他是在什麼地方觀察我們的？」博士轉身又對着布朗。

「這個我不知道，真的不知道。」布朗叫了起來，「每次都是他告訴我什麼時候進去，幹什麼事，他說其他的我不需要知道，我只要按照他所說的去做。」

第七章　反拿報紙

博士一直盯着布朗的眼睛，他覺得布朗說的這些話應該都是真實的，他又問了幾個問題。得知巫師第一次叫布朗放短劍進行陷害未果後，給了布朗一千鎊，叫他等待第二次行動；沒幾天巫師就找到布朗，給了他一枚炸彈，並教他怎麼樣安置，布朗按照他的安排，撬開門，進入房子安放了炸彈，然後從後門溜走了。不過炸彈最終被拆除了，巫師沒有給布朗一萬鎊，而是又給了他一千鎊，並讓他等候下一次行動。

博士特別問了巫師是否發現自己先外出後潛回到偵探所，布朗說這些他全不知道。兩次行動的時候，他都帶着手機，巫師說要是發現博士他們回來就會通知他，他要馬上出來。

布朗回答提問的時候，聽上去沒有支支吾吾，樣子不像是在撒謊，博士又問他第三次進入偵探所的情況。

「昨天上午的時候，西拉斯找到了我，叫我再次行動。」布朗回答道。

「幾點？」

「十點多。」

「那麼我非常想知道，」博士頓了頓，足有十秒鐘的時間，他沒說話，一直盯着布朗，布朗被看得非常緊張，「這次你幹了什麼？」

「我……我往你們的餐盤上塗抹了毒藥，我也不知道是什麼毒藥，西拉斯給我的，叫我塗上去就可以了，這樣你們一起用餐時就會因為食用沾了毒藥的食物而……啊，都是他讓我幹的！」

博士看看本傑明和海倫，這次他確實感到了恐懼，巫師此番出手非常惡毒，令人防不勝防。

「聽到沒有，」本傑明對保羅說道，「要是他得逞，你就是孤兒了，只有你不用吃飯。」

「做夢吧，博士有防範的。」保羅不屑地說。

「你和巫師都是怎麼聯繫的？」博士的話題轉入了另一個關鍵問題。

「手機。」布朗說，「他會打電話給我。」

「見面地點呢？你去找他？」

「不是，他不讓我去他的住處，還說沒事不要找他。」布朗說，他指指車窗外的酒吧，「其實每次見面都在這裏，他叫我做的事都是先在酒吧裏交待好，然後他先走，我再乘坐計程車去你們偵探所，他說會在暗中保護我，如果我在進入偵探所前你們回家了，他會及時通知我。」

「保護你？」博士好奇地問。

「嗯，他就是這麼說的。」

「是監視你吧。」本傑明嘲弄地說。

「是吧。」布朗無奈地點點頭。

「除了手機，你們還有其他聯繫方式嗎？」博士問。

「沒有了。」布朗回答。

「嗯。」博士先是低頭想了想，隨後抬頭看看布朗，「這次你放毒藥後他給你錢了嗎？」

「還沒給呢！」布朗說，「他說你們要是死了……啊，對不起，對不起，你們不會死的……他會給我一萬鎊。」

「現在你通知他，說你急需一筆錢，不多，五百鎊。」博士嚴肅地說，「叫他馬上給你送到酒吧來，聽見沒有？」

「啊？！」布朗頓時大驚失色，「這……這……」

「囉嗦什麼，這很難嗎？」本傑明用手敲敲布朗的腦袋。

「你們是要把他引到這裏來嗎？」布朗慌張地問。

「你可真是囉嗦！」本傑明又去敲布朗的腦袋。

「可是他厲害極了，我害怕……」布朗一邊躲避一邊說。

「你是說他很厲害，我們就不厲害了，對吧？」海倫不軟不硬地說。

「我不是這個意思……我……」

「你只要按照我說的去做。」博士說，「你這樣的情況，可以轉作污點證人，這對你有好處，我想你也明白。另外，可能我說的對你來說無所謂，但是你不覺得讓一個邪惡巫師長期飄蕩在外面，對人類有很大威脅嗎？」

布朗沒有說話，他一直低着頭。過了半分鐘，他還沒有抬起頭，本傑明舉手就想打他，被博士給攔住了。

又過了半分鐘，布朗慢慢地抬起頭來。

「我給他打電話，叫他來。」

「不行！」博士擺擺手。

「啊？」布朗頓時感到很驚異。

「你給他發短訊。」博士說，「不要打電話，你就發短訊給他。」

「那我發短訊，我就在酒吧門口等着他。」

「你進去等他。」博士說，「你只管坐在那裏，剩下的事我們來解決，我們會保證你的人身安全，現在把你的手機拿出來！」

西拉斯
MMS
請馬上給我送五百鎊現金來，我真的有急用，我現在在騎士酒吧等你，拜託了。
MMS

布朗猶猶豫豫地拿出了手機，博士看看布朗，又看看他的手機。

「你來輸入短訊。」博士緩緩地說，他看看酒吧門口的招牌，「請馬上給我送五百鎊現金來，我真的有急用，我現在在騎士酒吧等你，拜託了。」

布朗按照博士說

的，輸入了短訊，他看看博士，博士看了看他輸入的短訊，點點頭，布朗用顫抖的手指按下了發送鍵。他發送後剛想把手機收起來，本傑明一把搶過手機，抓在自己手裏。

「我抽屜裏的兩張五十鎊鈔票是你拿走的吧？」博士忽然盯着布朗，「還有桌子上的鈔票。」

「是，是我拿走的。」布朗低下頭，小聲地說，「我總是缺錢……」

「你喜歡賭馬？」博士問道。

「是。」

「贏過嗎？」

「沒有！」布朗說着惡狠狠地抬起頭，他咬着牙齒，「那些笨蛋給我的消息都是假消息……」

正在這時，布朗的手機突然傳來短訊到來的鈴聲，空氣頓時緊張起來，本傑明飛快地打開短訊。

「等着，半小時後到。」

本傑明唸出了短訊，他環視着大家，博士叫保羅在車裏看着布朗，他同海倫和本傑明下了車。他們站在車門旁。

「就在這裏誘捕他，叫他去別的地方他會起疑心。」博士指了指周圍環境，「這裏還好，不算是鬧市，行人不多。我和布朗進去，你們是少年，不能進酒吧，你們躲在對面的麪包店裏，那裏有讓客人進食的座位。你們開啟幽靈雷達，等巫師進了酒吧就出來幫我，行動要快！」

「好的。」海倫和本傑明一起說。

「你們要隱藏好，千萬不要讓他看到。」博士又叮囑道，「那個巫師一定有我們的資料，而且一直暗中監視我們，他認識我們，我這輛車也要開走。」

幾個人立即行動起來，博士叫布朗下了汽車，本傑明他們看着布朗，他把車開到了不遠處的一個地下停車場，隨後快步走來，押着布朗進了酒吧，保羅也被抱了進去。

本傑明和海倫來到酒吧斜對面的一間麪包店裏，他們找了一個臨街的座位，拉上大半個窗簾，這樣能很好地觀察外面而不被發現。

博士進了酒吧，他看看錶，還有二十分鐘。他讓布朗坐在酒吧靠裏面的位置，從窗戶外可以看到他。

「你坐在這裏，不要亂動。」博士看到酒吧有一排報刊架，上面都是一些體育類的報刊，他拿了一張報紙，遮給布朗，「你看報紙吧，賽馬版——你的最愛。」

「可是我現在什麼都看不下去，我很害怕……」布朗顯得非常緊張，「他非殺了我不可……」

「你只要安靜地坐在這裏，我保證你的安全。」博士擺擺手，「不要緊張，看你的報紙。」

「我……」布朗用哀求的目光看看博士，隨後點點頭，「好吧，我看報紙。」

博士給布朗叫了一杯酒，隨後走到酒吧的另外一端，坐在一根柱子後面，外面看不到這裏，他則能面對面的監視着布朗，保羅則被放在他的椅子旁邊，那個巫師只要一靠近，不需要觀察，保羅就能隨時通報他的位置。

時間還早，博士叫了一杯啤酒，他也拿了一張報紙，放在枱上。博士看了看對面的布朗，只見他還是坐立不寧，博士做了一個安靜的動作，布朗總算是安靜下來，他拿起了報紙，翻看起來。

酒吧裏沒幾個顧客，博士真希望這些顧客喝完酒就趕快離開，因為一旦巫師有所反抗，無辜者很可能會受傷。博士想着巫師進行反抗時的處理方案，萬幸的是，巫師和布朗見面的地點不是鬧市區，否則更麻煩。

對面的布朗還在看報紙，也不知道他是真的看還是假的，他翻報紙的聲音很大，不過手已經不那麼抖了。

正在這時，保羅的耳朵豎立起來，他看看博士，身子沒動。

「距離五百米，有魔怪反應，他來了。」保羅小聲地說，「沒錯，是個巫師，有強烈的魔怪反應，但是和非人類變化成的魔怪有回饋信號上的區別。」

博士點點頭，他做好了準備，他知道麪包店裏的海倫和本傑明也會馬上探測出魔怪反應。

「四百米……三百七十米……三百四十米……」保羅繼續播報着，「他的移動速度很快……」

博士看看布朗，布朗當然不知道巫師已經靠近了，他偶爾會向外看一眼，沒有看到什麼就繼續低頭看報紙。

「……兩百米了……」保羅的聲音倒是顯得稍微緊張，「他轉進街口了，正向這邊走來……」

「導彈不要輕易發射。」博士小聲地提醒道。

「明白。」保羅回答道。

麪包店裏，海倫和本傑明已經探測到魔怪信號，海倫把簾子幾乎完全拉上，只留下一條很小的縫隙。

KNIGHT BAR

「他只要一進去，我們就出去，衝進酒吧抓他。」海倫看着幽靈雷達，小聲說。

「好的，我看一進酒吧博士就會和他打起來。」本傑明握着拳頭，他努力使自己放鬆下來。

酒吧裏，保羅告訴博士，那個傢伙距離酒吧只有不到五十米的距離了，博士觀察着地形，只要那個巫師進了酒吧，他就會在側面迎上去，趁其不備，在門口就捉拿住他。

酒吧外面的街上，一個男子低着頭向這邊走來，這人看上去有些蒼老，就像普通的上了年紀的老人。

那人走到距離酒吧不到十米的地方，突然停下腳步，他站在那裏，向酒吧裏張望着。酒吧裏的布朗在臨近巫師到來的時間前五分鐘就不停地向外張望，他猛地看到了站在酒吧外的那個人，連忙低下頭，手裏的報紙高舉起來。

保羅已經告訴博士，那人就在門外，博士知道他會先向酒吧裏張望，不可能馬上進來，他看看對面的布朗，忽然，博士感到有什麼不對，只見布朗手裏的報紙高舉着，但是報紙文字朝下，是反拿着的！而且報紙還不停地晃動。

博士意識到了什麼，他想要站起來。就在酒吧外，那個巫師倒是沒有察覺布朗異常的舉動，他邁步向酒吧大門走去。

躲在報紙後面，一直向外偷偷張望的布朗看到那人向大門這邊走來，突然把報紙一扔，隨即站起來，飛快地跑到窗邊。

第八章　巫師脫逃

「快跑——快跑——」

布朗一邊大喊，一邊貼着窗戶，用力地拍打着窗戶。那個人先是一愣，隨即轉身就走。

博士沒想到布朗會做出這樣的舉動，他站起來向門口衝去，剛到門口，他看到海倫和本傑明已經衝出麪包店，追了上去。

守在麪包店裏的海倫是通過窗簾那裏的一道縫隙觀察到這一切的，她看到了門口那人的臉，那張臉呈現出一種淡淡的烏青色，這顏色和慘白色一樣，都是巫師的重要特徵，很難掩飾。海倫看到跳到窗戶那裏亂叫的布朗，知道事情有變，她連忙叫喚本傑明，一起衝出了麪包店。

巫師快步向回走，他健步如飛，和剛才完全判若兩人。他很鎮靜，沒有飛躍逃走，好像自己沒有被發現一樣，不過他隨即發現有人追了上來。

「站住——站住——」海倫大聲喊道，她距離巫師只有五六米的距離了。

巫師繼續向前走，他的手指忽然向後一指，一道短促的白色閃電飛向了海倫，海倫有所防備，她一閃身，閃電射在地上，「啪」的一聲，把地面炸了一個坑。

「凝固氣流彈——」本傑明看到巫師展開攻擊，隨即射出一枚氣流彈，氣流彈直飛巫師的後腦。

巫師知道有魔法師開始反擊，他不慌不忙地一揮手，又一道閃電飛出，直直地迎向了氣流彈，只聽「啪」的一聲，閃電正面和氣流彈撞擊，空氣中爆出一個小火球，氣流彈頓時被粉碎了。

海倫閃身後看到本傑明發起了攻擊，她也射出一枚氣流彈，那個巫師感覺到氣流彈再次襲來，一揮手，一道短促的白色閃電飛過來擊毀了氣流彈。

巫師擊毀兩枚氣流彈後，徑直向前走，他一直沒有回頭，全憑感覺進行對攻，他的對面，有個提着袋子的女士迎面走來，看到雙方對戰，頓時愣住了。

博士和保羅已經快步跟了上來，博士看到巫師和本傑明他們的距離拉大，他大喝一聲，向前助跑兩步，騰空而起，他在空中飛奔了幾十米，隨即快速落下，攔在了巫師的面前。

「不要走！」博士說着射出一枚氣流彈。

巫師看到氣流彈正面來襲，手一抖，兩道短促的閃電飛上去阻攔氣流彈，氣流彈被閃電撞擊，頓時爆炸，並升成一個火球。

巫師看到正面有人攔截，雖然他擋開了攻擊，但是對於是否繼續前行衝開阻攔還是猶豫了一下，這時，身後的本傑明和海倫趕到，兩人一起出拳，巫師跳躍閃身，正好落在那個被嚇壞了的女士身邊。巫師見狀一把揪住那個女士，他背靠着街邊的一所房子的牆壁，用女士的身體護住自己，一根手指對準了女士的喉嚨。

「不要過來！」巫師劫持了人質，大聲喊道。

已經對巫師形成包圍的博士等人頓時愣住了，他們不敢向前，但是也沒有退後，保羅已經打開了追妖導彈的發射架，導彈對準了巫師。

「不要過來，都給我退後！」巫師惡狠狠地説。

被挾持的女士幾乎嚇暈過去了，她的袋子早就掉在地上，裏面購買的水果滾落在地上，她完全呆了，不知道發生了什麼。巫師的指尖透着一絲寒光，深深地抵在女士的脖子上，只要他稍一用力，那女士就沒命了。

「給我退後！」看到博士他們沒有立即按照自己所説的去做，巫師又喊道，他的手指尖刺破了那女士的皮膚，一滴鮮血流了下來。

博士見狀連忙後退兩步，幾個小助手也連忙後退。

「你不要傷害人質，我們後退。」博士看到那女士慘白的臉，邊説邊又退了一步。

「繼續退！」巫師喊道，他看到一條通道被讓了出來，於是挾持着女士，倒退着向街道東面行進，「不許跟過來，否則我就殺了她！」

那個女士被巫師拖着走了十幾米，巫師的眼睛一直瞪着博士他們。魔法師們此時哪裏敢貿然攻擊，只能眼睜睜地看着巫師越走越遠。

「嗨——」巫師挾持着女士退到一個路口，忽然大喊一聲，他輕輕一提，被挾持的女士就被他舉得離地一米，巫師狠狠地用力，那女士被扔向了博士他們。隨後巫師一甩手，一股白霧出現在路口。

博士等連忙伸手，一起接住了被拋過來的女士，海倫扶好那個女士，博士他們追了上去，路口那裏一片白茫茫的，他們什麼都看不清，待到白霧散盡，路口空蕩蕩的，巫師早已逃之夭夭。那團白霧是巫師逃跑時釋放出來的掩護煙霧。

「給他跑了！」本傑明懊惱地跺跺腳。

「你沒事吧？」他們的身後，海倫扶着那名被劫持的女士問道。

「沒事……我沒事……」那名女士一手扶着牆，幾乎站立不住了。

博士走過去，檢查了她的傷口，那是一點小的皮外傷，博士叫她放鬆下來。正在這時，保羅突然向酒吧跑去。

「布朗，那個布朗可能跑了——」

海倫和本傑明連忙跟着跑了過去，他們到了酒吧門口，向裏面看了看，布朗不見了。海倫和本傑明衝進去，問剛才那個拍打窗戶的人跑到哪裏去了，裏面的侍應正為剛才的事感到不解，他說布朗從後門跑了。正說着，博士也進了酒吧。

「博士，布朗也跑了。」本傑明連忙向博士報告。

「他跑不了，」保羅忽然笑了起來，「那個巫師我現在還找不到，但是布朗是跑不掉的！」

「嗯？」海倫一愣。

「他身上的跟蹤劑氣味還存在呢！讓我來找找……」保羅說着用鼻子在空氣中嗅嗅，同時啟動搜索功能，「嗯，哈哈，三點方向，這傢伙已經逃出去一公里了，他還在跑呢，速度還很快……」

「那我們去把他抓來！」本傑明氣呼呼地說，「都是他通風報信，沒想到他會來這一手，我們抓不到巫師，抓他還不容易……」

「等一下！」博士一把拉住本傑明，一個新的計劃已經在他的腦裏形成，「放他走，否則那個巫師很難抓到。」

「啊？」本傑明的眉毛皺了起來。

「我現在就給希歐多爾打電話。」博士來不及解釋，他看看保羅，邊拿電話邊說，「老伙計，聯合會會派魔法師來，到時候你帶他們找到布朗的位置。」

「沒問題。」保羅連忙說。

博士打電話的時候，海倫走到本傑明的身邊，和他解釋了幾句，本傑明有點明白博士的意思了。看到博士打完電話，本傑明走了上去。

「博士，海倫說遊蕩在外面的布朗可以作為誘餌，引巫師上鈎，是這樣吧？」

「是的。」博士點點頭，「聯合會馬上派人來，我們對布朗的策略現在是圍而不捕，同時還要把戲做足。」

「還要做什麼？」本傑明問。

「你會看到的。」博士說着走到街邊，他張望着，「魔法師馬上就到，放心吧，無論是布朗還是西拉斯，都跑不了。」

第九章　親兄弟

幾分鐘後，五名魔法師駕車趕到，保羅上了他們的車，魔法師們將在保羅的帶領下，跟蹤上布朗。警察這時也趕到現場，他們把那個女士送到了醫院，對現場也進行了勘查。出乎本傑明意料的是，博士主動給媒體打了電話，多家媒體蜂擁趕到，又是拍照又是攝影，以往遇到這樣的事，為了避免引起恐慌，博士都是低調處理的。

博士他們先回了偵探所，到了偵探所後，他們在廚房找到了那些被放置毒劑的餐具，拿到客廳的桌子上，隨後都坐在客廳裏，等着保羅。這個房間現在還不安全，也許其他器皿上也被放置了毒劑，博士他們還不能像以往那樣隨意。一個小時後，保羅被送了回來。

「跟上那傢伙了，」一進門，保羅就大聲報告，「他躲到了東郊格雷斯的一間破房子裏，那是一個廢棄的工廠，魔法師們包圍了那裏，不過沒有抓他。」

「好。」博士很高興，「老伙計，現在還要你幫忙，先檢查一下這些餐具，看看毒劑的成分，還要看看其他器皿有沒有被放置毒劑。」

保羅非常樂於這樣的檢測工作，他立即對餐具開始了檢查。由於毒劑是化學製劑，沒有魔怪反應，不經過提醒，保羅是無法發現這些毒劑的，但目標明確後，保羅可以通過化學分析找出指定的器物上有無毒劑。

保羅直接跳到桌子上，他的兩眼射出兩束白色的鐳射，照射在一個餐盤上，他收集了資料，然後開始了分析，不一會，一張檢測報告被列印了出來。

博士撕下檢測報告，看了起來，他的眉毛也隨即皺了起來。

「劇毒氰化物。」博士把報告紙遞給海倫，「即使是魔法師，在毫無準備的情況下服下也會很快死去，急救水雖然能解毒，但是毒藥發作會麻痹神經系統，我們可能連拿急救水的時間都不夠。」

「關鍵在於氰化物裏還添加了延緩劑！」保羅顯得非常激動，「巫師的構想非常惡毒，他想一次把你們都害死。如果你們用餐時一個人先食用了毒劑，會馬上出現反應，那麼另外兩人就會開始施救並有所防備，但經過我剛才的分析，添加了延緩劑的毒劑會在服用後兩小時發作，那時候你們全都服用了毒劑，可能已經不在一起，不能展開互救。」

「添加延緩劑的意圖是想讓我們全都服下毒藥，」博士的語氣沉重，「他這是要趕盡殺絕，這次他射出的暗箭可以説惡毒到了極點。」

「他這樣恨我們？」海倫害怕地看着那份報告，「我算是又一次領教了巫師魔怪們的狠毒。」

「這個西拉斯到底是誰，他和我們有什麼過節？」本傑明氣呼呼地說，「難道僅僅因為我們是魔法師？」

「沒那麼簡單，今天我可是有不少收穫呢……」博士說着看看保羅，「嗨，老伙計，你再檢查下房間裏其他器皿，今天那個布朗的話虛虛實實……」

「博士，你說有不少收穫？」本傑明顯得很興奮，「還有什麼收穫？」

「一步一步來。」博士微微一笑，「現在，先讓保羅確保你我的安全。」

保羅先去了廚房，海倫把那些常用的器皿一一拿給他檢測。還好，除了那幾個餐盤，其他器皿上沒有發現有毒劑，他們又檢查了客廳裏的水杯等器物，也沒有發現什麼，看來布朗在這個問題上並沒有說謊。

大家總算是鬆了一口氣，海倫還是有點不放心，她帶着保羅又把幾個房間掃描了一遍，本傑明此時則滿不在乎起來，還在一邊說海倫這個管家婆擔心過度。

檢查完幾個房間，大家都聚在了客廳裏，剛才海倫帶着保羅檢查的時候，博士一直在打電話，他分別打給了魔法師聯合會、倫敦警察局和那幾個正在監視着布朗的魔法師，博士特別告訴魔法師們千萬不要靠得太近，不能驚動了布朗。

「我已經和他們說過了。」保羅在一邊對博士說，「那傢伙的味道能持續保持好幾天呢，我鎖定了他的位置，這傢伙躲進廢棄工廠裏，現在還沒出過來呢，一定是嚇壞了。」

「謹慎些好呀。」博士說，他看了看坐在沙發上的海倫和本傑明，「你們都沒有想到吧，布朗會做出這樣的舉動，當時他看到巫師前來故意反拿報紙，巫師沒注意他就去呼叫。」

「幸好你阻止了布朗給西拉斯打電話，否則他在電話裏亂喊亂叫，西拉斯根本就不會來了。」海倫說，「博士，你是不是有預感呢？」

「其實沒有，我也沒想到他會這樣做。阻止他打電話而改為發短訊，是怕他倆事先預定好暗語。」博士坦誠地說，「其實我以為布朗真的服罪並肯幫我們呢，否則不會叫他單獨坐在我的對面。今天這件事，我要負主要的責任，當時急於要抓到巫師，如果安排得再仔細一些，便不會出這種狀況。」

「這可不能怪你。」海倫連忙說，「誰知道布朗會這樣做，他還是說了實話的，比如說在餐盤裏下毒，而且他確實把巫師引出來了，我想他之所以這樣做可能是臨時發生了心理上的變化。」

「心理上的變化？」本傑明疑惑地看着海倫。

「可能是因為恐懼促使他最後時刻去給巫師發信號，他很怕那個巫師。」博士說，「我還是不夠仔細，過於相信這傢伙了。不過我們還是有所收穫，那個巫師，我非常眼熟，我覺得我離答案越來越近了。」

「博士，你又有什麼發現？」幾個小助手頓時激動起來。

「老伙計，你給那個叫西拉斯的巫師錄影了吧？」博士問保羅。

「當然，正面遭遇上，我自動錄影，這是慣例。」

「你把西拉斯的正面容貌用軟件還原到他二十歲的樣子。」

「好的。」

保羅說完，啟動了身體裏的作業系統，他先是截取了一張今天正面拍攝到的西拉斯的臉孔，隨後用軟件還原到西拉斯二十歲時的面貌，保羅的這種圖像還原技術的準確性幾乎達到了百分之百，不到三分鐘，他就把一張圖片列印出來，交給了博士。

博士拿着那張圖片，仔細地看起來，臉上露出了微笑，本傑明和海倫也爭着看那張圖片，圖片上是一個年輕人，沒什麼特別之處，兩人急着問博士為什麼笑。

「老伙計，在魔法師聯合會的時候，我把七十年前我和維森辦理的巫師米爾特的案件都輸入到你的儲存系統裏了吧。」博士沒有急着回答兩個小助手，他看看保羅，「把米爾特的照片調出來。」

「好的。」保羅説道。

一分鐘後，保羅就完成了任務，博士撕下米爾特的照片，拿給大家看。

「這……」海倫吃驚地捂上了嘴，看看米爾特的照片，又看看西拉斯的照片，照片上的兩個人幾乎一樣，「這是同一個人嗎？」

「米爾特是我們親手除掉的，不可能是同一個人。」博士拍拍同樣是大驚失色的本傑明，又看看海倫，「他們是兄弟，親兄弟！」

「兄弟，是兄弟。」保羅在一邊補充，「我分析了

照片，這兩個人在相貌上有稍許的區別，可以判斷是兄弟。」

「我調查米爾特的情況時看到過他的一些家庭介紹，他有個弟弟，名字叫圖卡，西拉斯這個名字應該是後來改的。這個弟弟比他小十歲，他死的時候圖卡才十多歲，還未成年，調查顯示也沒有任何劣跡。」博士看看那兩張照片，「這根本就是復仇，我和維森剷除了他的哥哥，他完全知道，因為當地報紙對此有不少報道，長大以後，他也練成了巫術，出來為哥哥報仇了！」

「原來是這樣。」本傑明和海倫明白了許多。

「至於他怎樣練成巫術，成為一個邪惡巫師的，我還不很清楚，但是我想應該和他哥哥有關。他擁有現在這樣的魔力，也一定害過不少人。」博士分析道，「今天抓他時他使用的那種短促白色閃電，和他哥哥當年使用的招數幾乎一樣，圖卡當年一定暗地裏受到哥哥的影響，只是當年他太小，什麼都沒有暴露出來。」

「一定是這樣的。」本傑明肯定地說，「難怪他那麼恨你呢，他先殺害了體弱多病的維森，知道殺害你要困難很多，所以採用了陷害的形式，一箭雙雕。不過沒有成功，所以改用其他方式，他不把我們殺死，誓不甘休。」

「魔怪巫師報復心本來就極強，這次又是為哥哥報仇。」本傑明又無奈地說，「沒辦法，這傢伙也變成了邪惡巫師，沒有是非觀念，這兄弟兩人都一樣呀。」

「這個叫圖卡，或者叫西拉斯的巫師投毒的詭計又失敗了，還差點被我們抓住。」海倫想了想說，「他還會來報復我們的。」

「短時間不會來，」博士說，「而且他知道事情敗露，他的利用工具布朗也完全暴露了，甚至還把他引到酒吧，不過最後時刻，布朗給他發了信號，所以我推斷他還是會和布朗聯繫。他是一個巫師，要是害普通人，人家會沒有任何防備，他這次要害的是魔法師，一接近我們就極可能被探測到，所以他找了個普通人來害我們。」

「博士，所以你不急於抓到布朗！」本傑明徹底明白了博士的計劃，「因為我們還是要靠布朗才能把西拉斯引出來。」

「完全正確。」博士飛快地說，「為了不驚動西拉斯，我想了想，還是讓倫敦警察局的便衣警察監視布朗更合適，特德警官已經派人去了，警察接手後魔法師會撤到周邊，否則一旦讓西拉斯發現布朗身邊有魔法師，肯定會立即逃走，甚至遠走高飛。」

「你想的可真全面。」海倫誇讚道。

「剛才我們已經為倉促付出代價了。」博士感慨地說，「一定要把事情想全面才有所行動，而且若發現不是很周全的地方，就要立即調整，很多時候一些小小的細節沒有處理好，會破壞了整個計劃。」

博士的話語重心長，現實指導意義極強，海倫他們邊聽邊點頭，他們在博士這裏，時時刻刻都在積累着經驗。

「博士，你覺得西拉斯什麼時候會再聯繫布朗？布朗用電話把西拉斯引出來，再給他發短訊或者是打電話，西拉斯應該是不會相信了。」保羅想起來一件事，「布朗的手機在我們這裏，他倒是能換個手機，西拉斯的號碼我也記下來了，不過西拉斯應該知道自己的手機號碼暴露了……」

「西拉斯不會再用電話聯繫了，現在一定都關機了，而且是永久關機。」博士說，「種種跡象表明，西拉斯很狡猾，所以我想目前雖然他和布朗失去聯繫，但是兩人可能另有早就設計好的接頭方式。現在的關鍵是，西拉斯還不知道布朗也跑了，如果他認為布朗被抓，那布朗對他來說就已經失去了價值，他不會去聯繫布朗了。」

「那怎麼辦？」本傑明有些着急了。

「看看你，又着急了。」博士微笑着說，「我不是把媒體叫來了嗎？酒吧發生魔法師和巫師交戰的新聞會很快報道出來，報道中會特別提到，巫師西拉斯和勾結巫師的布朗都逃跑了，這種報道會持續一段時間。我剛才告訴特德警官了，布朗的通緝令會馬上發出，張貼在各個重要場所，這些通緝令其實是給西拉斯看的，目的就是讓他知道布朗在逃，並和布朗取得聯繫。」

博士的布局簡直就是行雲流水一般，天衣無縫。本傑明、海倫和保羅聽得無比佩服，連連稱好。保羅還撥打了西拉斯的手機，果然，他關機了。

「既然要演戲，就要把戲演得逼真。」博士看起來也滿意自己的布局，「等着吧，明天通緝令一貼出來，加上媒體的報道，西拉斯很快就會知道他的這個同夥在逃，布朗看到報紙，也會知道西拉斯跑了。只要盯住布朗，就能找到西拉斯。」

正說着，電話響了，博士走過去拿起電話，電話是特德警官打來的，博士說了一會電話，然後掛斷，走到沙發旁。

「我剛才請特德警官調查圖卡的情況，圖卡在三十歲、也就是他哥哥米爾特被剷除十多年後，忽然消失了，而且再也沒有露過面。」博士說道，「他早就被列為了失蹤人口。」

「他就是西拉斯！」本傑明斬釘截鐵地說，「隱居起來練習巫術，很多巫師都是這樣的！」

「應該是這樣的，」博士微微點着頭，「這一切就快有最終的答案了。」

第十章　布朗一定還會來

布朗被嚴密地監視起來，現在他已經成為案件偵破的關鍵點。這個傢伙自從躲進那個廢棄工廠，足有一天的時間，他都沒有外出。

有關布朗的通緝令在他逃跑後的第二天貼滿了倫敦的各個人流密集的場所，媒體也連續報道這個案件，一時間，布朗成為人們熱議的話題。

無論是布朗還是西拉斯，博士推斷他們此時都是驚弓之鳥，暫時不會相互聯繫。監視布朗的便衣警察都是特德警官派出的跟蹤高手，他們很好地隱藏在廢棄工廠的周邊區域，同時，他們也拿到了西拉斯的照片。

布朗在躲了一天後，因為飢餓和缺少飲水，悄悄溜出工廠，他去了一家超級市場，買了很多麪包和礦泉水。尤其重要的是，他還買了幾份報紙，那些報紙上都有他和巫師逃跑的報道，隨後回到了工廠，看起來要在那裏躲一段時間。

警方和聯合會魔法師共同監視着布朗，博士這邊也沒有絲毫閒着，他們採取主動出擊的方式，在幾個聯合會魔法師配合下，對倫敦城及郊外適合巫師魔怪隱身的地區進行了搜索。博士覺得西拉斯一定沒有走遠，他還要報復自己呢。

博士還以發生交戰的酒吧為中心，以人類跑步速度行進半小時到達的距離畫了個圓形，這個圓形的外沿區域很可能就有巫師的藏身地，因為那天西拉斯接到短訊後，説自己半小時後到，結果是準時到達。這個圓形外沿的北部和西部都在倫敦市中心區域，其中北部區域和偵探所距離不太遠，南部和東部則在郊外。

這幾次外出找尋巫師，博士都讓海倫或本傑明留下一人，嚴防巫師又找到新的人類幫手進入偵探所設置陷阱。

找尋進行了近兩個星期，沒有任何結果，廢棄工廠那邊，布朗一直躲在裏面，食物不夠就去附近的超級市場買一些，每次外出採購他都會買報紙，看來很關心對自己的報道。

兩星期過後，媒體對此事的報道減少了一些，而監視布朗的警察那邊傳來消息，布朗有好幾次來到工廠外面，在人少的地方遊蕩一會才回去，好像是出來透氣的。這傢伙膽子似乎慢慢大起來了，估計他以為風頭過了。

又過了幾天，警察報告，布朗外出了，而且走得很遠，他來到了市南的布勞恩斯魏克公園，在公園的南門大理石雕塑下坐了半天，然後才回到藏身處。

這個發現立即引起了博士的警覺，他要警方監視人員詳細記錄布朗的行蹤，還特別叮囑千萬不能靠他太近。警方對布朗採取的是接力跟蹤的方式，布朗這個傢伙沒有絲毫察覺。

接下來的幾天，布朗沒有再外出，距離在酒吧的交戰都快有一個月了，偵探所裏，本傑明他們都不禁焦急起來，布朗只是去了一趟公園，西拉斯下落不明，案件似乎陷入了死局之中。

博士倒是不露聲色，顯得很平靜，看到幾個焦急的助手，他很有耐心地安慰起來。

「耐心是每一個魔法偵探都要具備的素質呀。」

「我不是沒有耐心，我就怕巫師跑了。」本傑明一副坐臥不寧的樣子，「他要是都跑到南半球了，我們還在這裏等，哎……」

「我還沒死呢，」博士半開玩笑地說，「他的任務可沒有完成呀，他可不是一個『守規矩』的巫師，他們的規矩就是有仇必報，這你們都知道。」

「這倒也是。」海倫接過話，「可這樣等下去我們總是不安心……」

「不要着急。」博士笑笑，「你們想一想，比如說你們是布朗，遇到這樣的情況，不但不逃得遠遠的，還出來逛公園，你能有這份閒心嗎？」

「這個……」本傑明微微地點着頭，他和海倫對視一下，陷入深思之中。

又過了一天，一大早博士就接到電話，說布朗又去了布勞恩斯魏克公園，現在正坐在公園南門的長椅上。

「上周去布勞恩斯魏克公園是星期三，對吧？」博士拿着電話，算了一下時間。

「對。」電話那邊的警官說。

「他是早上到的，對吧？」

「是的。」

「好，你們繼續監視，我們馬上就到。」博士說着放下電話，向小助手們招招手，「馬上出發，我們去布勞恩斯魏克公園。」

「發現巫師了？」本傑明興奮地問。

「還沒有。」博士邊說邊向外走去，「兩次都是周三早上在布勞恩斯魏克公園，全是在南門，這就是他們事先設定的遇到失去聯繫後的接頭方式，這也是一種間諜手段。」

「對，我在間諜小說裏看到過。」海倫跟在博士後，興奮地說。

他們開車來到布勞恩斯魏克公園南面一公里外的一家酒店大堂裏，在周邊監視布朗的一個魔法師等候在裏面，博士到了後，接管了整個監控指揮，他通過對講機，和近距離監視的警察保持着密切聯繫。

監視布朗的警察報告，布朗自從坐在長椅上，就不住地東張西望，好像在找尋什麼，看上去非常焦急，警方也判斷他就是在等人。

這樣的等待一直到了中午，布朗忽然站起來，向巴士站走去。便衣警察連忙跟上，布朗再次回到了藏身地。

博士在酒店大堂收起了對講機，他知道布朗今天不會再出來了。博士從沙發上站起來。

「下周三，布朗一定還會來。」

說完，博士看看小助手們，本傑明他們都用信服的目光望着博士，他們非常同意博士的看法，布朗在等誰是一目瞭然的。巫師這次沒有來，也許是遇到什麼事情，這樣非常有規律的等待，無疑是明顯的聯繫方式，而且這兩人都知道對方沒被抓住，是一定會取得聯繫的。

第十一章　快速制敵

一周過去了，又一個周三的早上，博士他們早早就守在電話旁，本傑明的雙眼一直就沒離開過電話，他的心跳一直很快，他恨不得給電話施咒，讓電話快點響起來。

「鈴鈴鈴——」，本傑明沒有施咒，電話真的響起來了。博士走過去接起電話，說了幾句，隨後放下。

「他又去那個公園了，我們走。」博士對小助手們說。

大家迅速上了車，博士駕車來到公園一公里外的酒店，一名魔法師已經等在酒店裏。博士了解到，布朗剛到公園不久，現在正坐在南門的長椅上假裝看報紙。

「他就在這個地方。」魔法師指着一張地圖說，「四面各有一名便衣警察監視，距離他大概在三十到五十米不等。在周邊，是我們的魔法師，東西南北也有四名，距離他從二百米到四百米不等。」

「兩百米……」博士想了想，他看看那個魔法師，「是不是有點近，萬一巫師靠近布朗，也可能感知到魔法師的存在。」

「這個我們想過。」那個魔法師説道，「距離布朗最近的魔法師叫丹尼，你也認識，他在布朗的正北面，現在藏身在一座噴泉後，再向北就是一片寬闊的大草地，無法藏身，越過草地距離又太遠，沒有辦法。」

「我明白了。」博士點點頭，「叫他千萬小心。」

魔法師開始用對講機和監視人員聯繫，完畢後，他向博士報告，大家都很小心，而那個布朗則還是坐在長椅上，沒有任何離開的意思。

大家耐心地在酒店裏等待進一步的消息，時間一分一秒地過去，博士看看手錶。

「快兩個小時了，不要着急，西拉斯上兩次也許已經到了公園附近，但是他還是很謹慎，他要仔細觀察好接頭地點的情況，看看有無埋伏。」

「博士，我們沒着急。」海倫笑着説。

「嗯，這樣最好。」博士也笑了，「噢，我好像有些着急呀。沒辦法，一個邪惡巫師一直躲在一所人類大都市裏，威脅很大啊！」

「他會來的。」保羅説，「今天他出現的概率在70%以上，這是我最新統計的結果。」

大家都點點頭，不過隨即現場又陷入了沉默之中，又過了兩個小時，已經是中午了，本傑明看看酒店裏的掛鐘。

「保羅，這次你的統計不那麼準確，快到中午了，西拉斯還沒來，布朗要『下班』了。」

「是嗎？」保羅晃晃腦袋，「可是我最最新的統計，西拉斯今天出現的概率在90%以上呀……」

保羅的話音未落，魔法師的對講機響了起來，守衛在布朗北面的魔法師丹尼的聲音傳來——他所在的正北方向，有魔怪反應，而且正向自己這邊慢慢移動。

「丹尼，你要避開巫師！」博士連忙拿起對講機邊說邊向大家做出一個出發的動作，「隨時報告魔怪移動速度和方向……」

他們一起出了酒店，上了博士的汽車，汽車向北面開了五百米，停了下來，魔法師帶着他們向南走了一百多米，他們到了一家超級市場的門口，在公園南邊駐守的魔法師就在這裏。

丹尼那邊傳來報告，説巫師的移動速度不快，方向則是一直向南，丹尼已經避開了巫師的行進方向，向東移動了一百多米。

「你要再離開得遠一些，千萬不能被巫師察覺到。」博士此時也顯得很緊張，同魔法師在近距離能感知巫師的存在一樣，巫師也有一樣的反應，尤其是西拉斯這樣被追捕中的巫師，會更加警惕。

「明白，我正在側移。」丹尼邊説邊沿着一排大樹移動，「魔怪反應很強烈，確切説是巫師反應，啊，我看見他了，就是西拉斯，他正在快速穿越草地！」

「好的。」博士説着看看兩位魔法師和小助手，「要收網了！」

説着，博士拿起對講機，告訴在包圍圈周邊東西方向的魔法師向中心靠近，但是不能距離長椅太近，同時他也通知那些便衣警察，一旦發生交手，迅速抓獲布朗，絕對不能參與或圍觀魔法師和巫師的交戰，他們的任務就是抓住布朗，並把他帶離。

博士他們自己也開始向北面行進，他們在距離布朗所在長椅不到三百米的地方停下，正在這時，丹尼報告，西拉斯穿過草地後，躲在剛才自己藏身的噴泉邊不動了，他正在向布朗那邊觀察着。

「真是謹慎呀。」博士冷笑起來，他拿起對講機，「大家注意，現在報告自己的方位……」

對講機裏陸續傳來魔法師們的報告，除了公園的北面，他們已經收緊了包圍圈。

「他行動了！」丹尼的聲音突然傳來，「博士，他越過噴泉，向布朗那邊走去了。」

「好的，你回到剛才的位置，合攏包圍圈！」博士說着，揮揮手，他們又向前移動了幾十米，包圍圈越來越小了。

巫師西拉斯完全進入了包圍圈，他謹慎地向南慢慢移動，距離布朗越來越近了，在距離布朗不到一百米的地方，西拉斯突然站住，長椅那裏，布朗也看到了西拉斯，他站了起來。

「……他又向前走了兩步……啊，他躲在一個雕像後面，我看不清了，我來看看……」丹尼下意識地向前走了幾米，不過還是沒有看清楚躲在雕像後的西拉斯，他又向前走了幾米。

「最好不要動。」博士制止道，「我可以讓側面的人觀察……」

博士的話晚了，丹尼急於觀察到巫師，幾乎沒有掩護地向南前進，巫師西拉斯本來已經走向了布朗，忽然，他察覺到什麼，猛地回頭一看，看到丹尼正向自己這邊走來，丹尼看到西拉斯回頭，一時不知所措，他連忙躲向一棵大樹。

西拉斯明白了什麼，他轉身就向東面跑去，速度極快。

「不好，驚動他了！」丹尼大喊起來。

「正面攔截！」博士連忙說，「警察控制住布朗，魔法師們全部出擊！」

說着，博士帶着大家向北衝去。公園的長椅上，布朗看到西拉斯突然逃跑，也明白了什麼，他慌不擇路，沒頭沒腦地向西跑去，幾個警察從四面出擊，很輕鬆地就將他擒獲。

西拉斯向東跑了幾步，從一所房子後閃身而出一名魔法師，西拉斯看到自己被攔截，隨手甩出一道短促的閃電，那名魔法師一閃身，躲過了攻擊。

躲過攻擊的魔法師可不會被動挨打，他的手伸向空中，唸了句口訣，一把渾身閃着藍光的長劍出現在他手中。魔法師揮劍就刺向西拉斯，西拉斯居然用手迎向長劍，他的手指射出一道閃電，這道閃電迎頭擊中長劍的劍刃，魔法師的攻擊頓時被阻止了，他怎麼也無法推動長劍繼續前刺，而那道閃電則纏繞着長劍的劍身，並向劍柄急

速前進。魔法師的手被閃電擊中，他大叫一聲，劍掉在地上，他捂着手退到一邊。

西拉斯此時只想逃跑，他沒有攻擊那個魔法師，而是向前跑去，剛跑了幾步，從側面追擊過來的魔法師丹尼從空中高高躍起，隨後落在西拉斯的面前。西拉斯雙手一甩，兩道白色閃電飛向丹尼，丹尼連忙低頭，兩道閃電飛射過去，丹尼揮拳就打，西拉斯用拳頭撥開丹尼的攻擊，隨後雙拳猛地擊向丹尼，丹尼一擋，他感到西拉斯的力氣極大，不由自主地後退了幾步。

西拉斯擊退了丹尼，算是衝開了路，他連忙逃跑，兩名魔法師一左一右地追趕上去。正在這時，一股風聲從後面襲來，風聲中一枚凝固氣流彈重重地砸在西拉斯的後背上，西拉斯根本就沒有防備，他前撲幾步，摔倒在地，不過他就地一滾，很快站了起來。

「你跑不了的——」一把喊聲傳來，博士大跨步地飛身趕到，氣流彈正是他射出的。

西拉斯站起來後，博士已經攔在他的面前，海倫和本傑明也閃現在他的左右，他的身後，是幾個魔法師，西拉斯知道自己被包圍了。

「圖卡！」博士瞪着西拉斯，大聲地喝道，這是他們之間真正的面對面，「你休想跑掉！」

「南森！」西拉斯聽到博士唸出的名字，臉色一變，眉毛皺了皺，他陰森地看着博士，咬着嘴唇，憤怒的雙眼射出兩道火燄般的目光。

「圖卡！我說的沒錯吧？你就是圖卡！」博士沒有急於動手，他問道。

「你！你！」圖卡的身體微微地顫抖起來，「南森，你殺害了我哥哥，我哥哥只是練習魔法而已，而你卻殺害了他——」

「你說的練習魔法包括殺人噬血嗎？」博士冷笑起來，「我告訴你，真正的魔法練習和邪惡巫師是有本質區別的，為了增強魔力，也不能不擇手段！」

「你管的可真多！」西拉斯憤怒地說，「無論怎樣，你殺害了我哥哥，我就是要為他報仇！」

博士沒有說話，只是看着這個無可救藥的傢伙，輕輕地搖着頭。西拉斯看看左右，他突然一揚手，一道閃電飛向博士的頭部，博士閃身躲過。看到巫師出手，本傑明、海倫還有幾個魔法師一起向前，保羅也張開嘴，想去撲咬巫師，博士則猛地一擺手。

「你們不要動。」

大家看看博士，都停下了，那個巫師本來想接招，也愣了一下，他和正面的博士對視起來。

「啊——」西拉斯大吼一聲，雙手抬起。

博士知道西拉斯要射出閃電了，他雙手一晃，做出了一個抓着球狀物的動作，同時唸了一句口訣，一個比籃球還要大很多的超大凝固氣流彈出現在他手中。

西拉斯的閃電隨手飛出，博士則一用力，超大的凝固氣流彈直直地向西拉斯飛去，西拉斯射來的兩道閃電擊穿了凝固氣流彈，但是僅僅是造成兩個小貫通口後飛了出去，凝固氣流彈一點沒被阻止，更沒有被破壞。巫師看到這樣的景象，驚呆了，還沒有等他反應過來，巨型氣流彈飛過去正中巫師，西拉斯怪叫一聲，當即被氣流彈橫着砸出去十幾米，他後面的魔法師連忙閃身，西拉斯重重地摔在地上，一動不動。

「哇，被打得趴下了！」本傑明吃驚地看着飛出去倒地的巫師，「這、這也太快了吧？一下就完蛋了……」

海倫和保羅快速衝到倒地的西拉斯身邊，西拉斯微閉着眼睛，嘴角有血流了出來，身體則開始微微地抽搐，海倫上去對他進行了簡單的檢查，西拉斯還有一口氣，海倫用綑妖繩把他綁起來，博士和幾個魔法師也走到西拉斯身邊，看着這個喪失抵抗能力的邪惡巫師。

「博士，你這才是正宗的非常規戰術，一招解決戰鬥。」本傑明感慨起來，「一下就打敗了他，我還有些不太適應這樣的節奏呢。」

「我這可不是非常規戰術。」博士看看本傑明，指指地上的巫師，「他這種短促閃電快速攻擊的招數和幾十年前他哥哥使用的招數完全一樣，而且根據觀察，好像他也沒有其他別的招數，我不過把成功對付他哥哥的招數重新用了一遍。」

「噢，原來是這樣。」本傑明恍然大悟。

西拉斯慢慢地睜開了眼睛，他發現自己被綑着，完全絕望了，他先是瞪了博士一眼，隨後又閉上了眼睛。博士拿起對講機，和警察通話，警方説他們按照計劃，已經抓住了布朗，現在正在把布朗押回警察局。博士則告訴他們巫師西拉斯已經被成功抓獲，還叫警察問問布朗，為什麼同意把巫師叫到酒吧，看到巫師後又跳起來叫巫師逃跑。

「喂……南森……」西拉斯忽然睜開眼睛，他看着正在通話的博士，看起來有些事情要説。

博士看到西拉斯想説話，簡單説了幾句後，中斷了通話，他蹲下身，將頭湊向西拉斯，詢問他有什麼事。

「我、我快不行了，你贏了，我輸了。」西拉斯的話音很輕，眼光也不像剛才那樣兇悍了，「現在我有個事情求你，拜託了。」

「什麼事情？」博士問。

「把我埋在我哥哥的墓旁，他的墓地在哪裏你一定知道。」

「我知道。」博士點點頭。

「我就這點請求，」西拉斯連忙説，他有些激動，「拜託了……」

「這個要求不過分，我答應你。」博士擺擺手，「這麼説你就是圖卡了？」

「是。」圖卡聽到博士答應了他，説道，「謝謝……」

「維森是你殺害的？然後把殺害他的短劍派布朗放到偵探所嫁禍給我？」博士繼續問。

「是。」圖卡的回答非常簡單。

「你怎麼找到我和維森的？」

「你是名人，找到你太容易了。維森寫過幾篇回顧自己魔法師生涯的文章，透露了自己的現狀，我就找到他了。」

「那你是怎麼變成巫師的？你哥哥教過你？」

「他弄到一本練習巫術的書，自己練習，抄了一本給我。」圖卡説着又開始惡狠狠地瞪着博士，「當時我太小，基本上看不懂。後來他就被你們殺死了，那書我一直留着，長大後就照着練習，就是這樣……」

「練成這樣的魔力，你害過多少人？」博士追問。

西拉斯對此拒絕回答，只是一直搖頭。

「你好像一直在暗中監視我們呢？」博士換了一個問題，「我們的一舉一動你都知道，外出後你就派布朗進入偵探所。你是在哪裏觀察我們的？」

「偵探所兩條街外的那個辦公樓，我在十樓租了個面對你們的辦公室。我基本上都呆在那裏。」西拉斯對此倒是毫無保留，此時的他顯得有氣無力的，説話的聲音比剛才輕了很多，「距離你們八百多米，我知道你們的預警系統只有五百米，我還在牆壁上塗了遮罩你們預警系統的製劑，你們無法察覺到我。我用望遠鏡加透視眼功能觀察你們，你們上次外出後溜回偵探所我也知道，你們在偵探所裏我是不會讓布朗進去的，而且也不是你們一離開就叫布朗進去，只有確認你們長時間的真正離開才會下令。」

「原來如此！」保羅禁不住叫道，「博士，我的預警系統範圍還要提高呀。」

「我們當時還以為這傢伙會跟蹤我們呢，原來他只是躲在大樓裏，那個大樓我還看過幾次。」本傑明有些懊悔地説，「我好像還懷疑過那裏會不會藏着什麼人……」

「現在你可以這樣説了，當時你可沒説。」海倫不客氣地説。

「我忘了，我……」

博士示意開始爭論的小助手停止爭辯，他察覺到西拉斯就快不行了，剛才他那個巨型的凝固氣流彈其實也耗費了自己很大的魔力，西拉斯能挺到現在，已經很不錯了。博士看到西拉斯的眼睛慢慢閉起來，有些着急了。

「喂，你醒醒，你和布朗是不是約定過，遇到突發事件失去聯絡就每到周三在這個公園接頭，一次不行就改下次，直至碰面……」博士一邊搖動西拉斯，一邊焦急地問。

「是，是這樣。」西拉斯睜開了眼睛，他的呼吸變得極其微弱了，「我看了報紙，發現他沒被抓住，我還要利用他，他也需要我的錢，我知道他一定會來的，我……」

西拉斯沒説完，他的眼睛又閉上了，呼吸幾乎沒有了。

「喂，説話呀！你在倫敦有幾處住所？」博士有些激動，「喂——」

西拉斯徹底閉上眼睛，呼吸也停止了，博士又搖了幾下，他摸了摸西拉斯的脖頸，無奈地站了起來。

「我還有很多問題要問呢！」

邪惡巫師西拉斯死了。大家都看着這個邪惡的巫師，正是他，為了報仇，屢屢向博士他們射出暗箭，他這種瘋狂的報復行為最終害了自己。

博士的電話響了，是倫敦警察局打來的，他通了一會話，隨後放下電話，看看海倫他們。

「布朗説出了最後關頭救西拉斯的原因。」博士説，「也不複雜，短訊是我們逼着他發送的，他沒辦法。在酒吧裏叫西拉斯跑掉，關鍵是他害怕萬一我們抓不到西拉斯，西拉斯一定會殺了他，他被關進監牢，西拉斯也能穿牆進去殺他，他見識過西拉斯的法術，同時他很清楚，即使他給西拉斯報信，最多也就在監獄多住幾年，我們是不會殺他的。」

「所以他寧可得罪我們，也不敢得罪西拉斯。」海倫感慨道，「這個傢伙，想法還真多！」

尾聲

三天後，魔幻偵探所裏，本傑明吃過早餐後，一如既往地去打開電腦。

「啊——」

本傑明的叫聲引來了海倫和保羅，保羅看到本傑明對着電腦大叫，索性跳到桌子上。

「啊——」保羅也大叫起來，本傑明在校友網上的頭像又變了，這次變成了一隻微笑的豬頭，保羅大笑起來，「本傑明，這隻豬比上次那隻年輕，好像是牠弟弟……」

「保羅！」本傑明很生氣，「這很好笑嗎？這是黑客攻擊，這也是暗箭，一定是傑克幹的，昨天他又給我發了郵件，我打開了……」

這時，電話響了，被頭像逗笑的海倫去接了電話，她舉着電話，說有人找本傑明。本傑明氣呼呼地去接電話。

「嗨，本傑明，早上好，看到你的新頭像了嗎？哈哈哈……」電話裏傳來傑克的聲音。

「傑克！」本傑明大叫起來，「我就知道是你幹的，你、你這是黑客行為，你這傻瓜，看我不抓到你……」

「我的黑客行為只針對你！」傑克毫不客氣，「就像上學的時候你針對我一樣……」

「我那是開玩笑的，我和你鬧着玩呢。」本傑明大叫着。

「有那麼鬧着玩的嗎？告訴你，我被你推進臭水溝，不光是那幾年，我現在吃飯都不香，你捉弄過我五六次，我都記得呢……」

「有那麼多次嗎？」本傑明打斷傑克的話，「我可沒有捉弄你那麼多次，我想想……一次、兩次、三次……八次、九次、十次……」

「哇，本傑明，我越來越生氣了。」傑克大叫起來，「我只記得你捉弄過我五六次，原來有這麼多次，你等着，你的頭像還會繼續變化的……」

「哈哈，我不會打開你的郵件了！」本傑明得意地說。

「我會讓巴里給你發郵件，還有薇拉，還有……我不告訴你，都是你捉弄過的人，你總會打開郵件的，哈哈哈……」

「不要呀！」本傑明這下着急了，「拜託了，不要呀——」

海倫和保羅一直在旁邊聽，看到本傑明的樣子，他倆都不禁笑了起來。

推理時間

麥克警長，蘇格蘭場（倫敦警察廳）高級督察，南森和警方的聯絡人，也是一名大偵探，屢破奇案。當然，他所偵辦的都是人類世界中的案件。一起來看看他偵辦過的案件，運用你的推理能力，想一想他是如何破案的呢？

熟睡的管家

威爾森先生在自家的別墅裏遇害了。半夜裏，有一個重要電話打來，僕人喬爾去叫威爾森，推開二樓他卧房的房門，發現他遇刺，而卧房的窗戶大開，兇手似乎從窗戶逃走了。喬爾立即報警，麥克警長帶人趕到，勘查了現場。

「不可能有什麼人進入別墅裏，但是從窗戶爬進來就難説了，有時候威爾森先生卧房的窗戶是開着的。」喬爾向麥克説明情況，「啊，對了，隔壁小房間住着的是管家，他可能會聽到什麼動靜。」

麥克立即和喬爾去敲管家的門，他們很用力地敲門，過了半天，管家才開門。麥克向裏面看了看，房間很整潔，管家的牀鋪被子也疊放的很整齊，一看管家就是個很仔細的人。

「怎麼這麼半天才開門？」麥克問，「威爾森先生遇害了！」

「啊？真的嗎？」管家驚呼起來，「這些天我休息不好，睡前服了安眠藥，我是被你們敲門吵醒的，然後馬上來開門，我什麼都不知道。」

「是嗎？你在說謊呀，你真的什麼都不知道嗎？」麥克警長盯着關鍵問。

隨後，麥克警長說出了推斷，管家聽後癱倒在地上，因為他就是兇手。

請問，麥克探長發現了什麼，因而識穿管家在說謊？

答案：管家自己說，他服下安眠藥後被敲門聲吵醒，起來後馬上開門，但是他牀鋪的被子是疊放整齊的，他不可能在被敲門聲吵醒後先疊好被子再去開門的。事實上他根本就沒睡，一直在房間裏聽外面的動靜。

魔幻偵探所 20

射向偵探所的暗箭（修訂版）

作　　者：關景峰
繪　　圖：陳焯嘉
策　　劃：甄艷慈
責任編輯：周詩韵
美術設計：李成宇
出　　版：新雅文化事業有限公司
香港英皇道499號北角工業大廈18樓
電話：（852）2138 7998
傳真：（852）2597 4003
網址：http://www.sunya.com.hk
電郵：marketing@sunya.com.hk
發　　行：香港聯合書刊物流有限公司
香港新界大埔汀麗路36號中華商務印刷大廈3字樓
電話：（852）2150 2100　傳真：（852）2407 3062
電郵：info@suplogistics.com.hk
印　　刷：中華商務彩色印刷有限公司
香港新界大埔汀麗路36號
版　　次：二〇一七年四月初版
二〇一九年一月第二次印刷

ISBN：978-962-08-6790-3

18/F, North Point Industrial Building, 499 King's Road, Hong Kong
Published and printed in Hong Kong